KB142955

그러면 치킨도 안 먹어요?

이현우 에세이

인간 중심주의에 맞서는

동물 해방운동의 여정

이름이 있는 생명은 기억된다

원고를 쓰는 동안 많은 것들이 변했다. 똘이와 헬씨가 무지개 다리를 건넜다. 잎싹이는 도살장 앞에서 도시로, 그리고 도시에서 시골로 옮겨졌다. 새벽이의 터전에는 실험실 피해 생존 동물 잔디가 함께 살고 있다. 이름이 있는 생명은 기억된다.

기억되지 않는 존재는 사라진다. 내가 기억하는 몇 명의 우주가 탄생하고 사라지는 동안 내가 보지도, 듣지도, 감히 알 수도, 셀 수도 없는 생(生)이 얼마나 피고 졌을까? 도살장 앞에서 수많은 돼지, 닭, 소를 만났지만 안타깝게도 기억나는 존재는 없다. 하지만 아이러니하게도 내 마음속 도살장에서 벌어진 인간사회의 폭력의 흔적이 잔상처럼 남아 있다. 우리는 희망을 말할 수 있을까.

도시에서 도살장 앞으로 몸을 옮기고 또다시 직접행동 활동과 기록 활동으로 도살장과 비인간동물 이야기를 도시로 옮겼다. 희망을 노래하는 시도는 아닐지도 모르겠다. 현장

투쟁의 목소리와 진실을 알리고자 했다. 한편으로는 가만히 있고서는 견딜 수 없어서 한 활동들이자 글쓰기이기도 했다.

왜 내 몸은 다른 장소가 아닌 도살장으로 향했을까? 왜 내 시선은 다른 동물이 아닌 반려동물과 농장동물에게 향했을까? 가까이에 존재하지만 발견하지 못하는 구조적 폭력을 듣고 보고 전하고 싶었다.

원고를 쓰는 동안 나 스스로도 많이 변화했다. 채식과 동물권에 대한 생각이 변했고 세상과 동물을 바라보는 시선도 달라졌다. 꽤 혼란스러웠다. 어쩌면 독자들에게는 나의 글이 '갈 지(之)'자처럼 변덕스럽게 느껴질지 모르겠지만, 한 인간 동물의 변화 과정을 솔직하게 담았다는 점을 양해해 주시면 좋겠다.

채식과 동물권 글쓰기는 종간(種間) 차이를 차별로 연결 짓는 사회에서 종간 같음을 발견하는 작업이자, 종 내 다름을 발견하고 이해하는 작업이었다. 글을 쓸 때마다 철옹성처럼 튼튼하고 거대한 현실의 벽을 마주했다. 죄책감에 짓눌렸고 활동가들의 외침과 동물들의 절규와 투쟁에도 요동치 않는 사회에 분노하고 절망했다. 그야말로 벽에다 소리치는 것만 같았다. 한동안은 이상한 사명감으로 무장되기도 했지만 때로는 뒤돌아서고 싶은 마음도 있었다.

늘 복잡한 심경으로 첫 문장을 시작했다. 하지만 마지막 문장의 온점을 찍는 순간에는 이상하게도 후련한 기분을 느끼기도 했다. '턱' 하고 숨이 막힐 때마다 글로 '토'해낼 수 있었다. 글을 읽고 공감해 준 사람들에게 고마웠고 무언가에 찔린 듯 불편해하는 독자들에게도 고마웠다.

이 책이 완성되기까지 많은 이의 도움이 있었다. 지면을 빌려 감사함을 전한다. 현장에서 함께 숨쉬며 움직인 서울애니멀세이브 동료들. 도살장과 비인간동물의 이야기가 사라지지 않도록 도움을 준 오마이뉴스 편집부. 비인간동물의 세계에 발 디딜 수 있도록 곁에서 함께 걸어 준 해피, 똘이, 헬씨. 내가 무슨 일을 하든 지지하고 응원해 주었던 정숙, 종복, 현준, 예숙, 장래, 영수.

감사함을 전하다 보니 수상 소감(?)처럼 되어 버렸는데 사실 수상 소감을 하는 것만큼 감격스럽다. 왜냐하면 귀엽고 예쁜 동물 콘텐츠가 판치는 세상에 동물권 책을 펴냈기 때문이다. 책으로 엮을 수 있는 기회를 내어 준 출판사 걷는사람에 감사하다.

내가 꾸준히 글을 쓸 수 있었던 것은 아내 인영이의 응원과 질책 덕분이었다. 내 삶의 열혈 독자이자 모든 글의 첫 번째 편집자인 인영이에게 고맙다는 말을 전한다.

불쾌함만 남는 글이 되지 않길 간절히 바란다. 하지만 나는 당신이 실컷 불편했으면 좋겠다. '우리'가 되어 함께 불편해하면서 글과 말과 몸으로 소리를 내었으면 좋겠다. 그 끝엔 기필코 더 나은 세상을 만들겠다는 믿음으로 말이다. 더 나은 세상이 어떤 모습일지는 모르겠지만 인간동물과 비인간동물 모두가 함께 사는 세상 정도면 괜찮지 않을까. 만고불변의 진리. 불편함을 느끼는 이들 덕분에 세상은 더 나아지고 있다.

2022년 6월

이현우

채식주의의 유형

비건 (Vegan)	유제품과 동물의 알을 포함한 모든 종류의 동물성 음식을 먹지 않는 경우
락토 베지테리언 (Lacto vegetarian)	유제품은 먹는 경우
오보 베지테리언 (Ovo vegetarian)	동물의 알은 먹는 경우
락토 오보 베지테리언 (Lacto-ovo vegetarian)	유제품과 동물의 알은 먹는 경우
페스코 베지테리언 (Pesco-vegetarian)	유제품, 동물의 알, 동물성 해산물까지 먹는 경우
폴로 베지테리언 (Pollo-vegetarian)	유제품, 동물의 알, 동물성 해산물, 조류의 고기까지 먹는 경우
플렉시테리언 (Flexitarian)	상황에 따라 자신이 정한 기준 내에서 육식을 하지만 가능한 한 채식을 지향하는 경우

프롤로그

마당이 있는 집

아빠는 십만 원을 주고 데려온 강아지의 이름을 '십마니'라고 지었다. 엄마는 '똘이'라고 이름을 지었다. 새로 온 식구는 하나인데 한두 달간 집에서는 두 개의 이름이 불렸다. 나는 똘이와 십마니라는 이름을 번갈아 불렀다. 어쩌면 '비극'은 십마니라는 이름을 지었을 때부터 예고되었는지도 모르겠다.

똘이는 2015년생이다. 흰 털이 복슬복슬하게 난 '시고르자브종'(시골잡종)이다. 엄마 친구네 강아지가 새끼를 낳으면서 분양을 받았다. 아주머니는 무료로 분양하려 했지만 아빠는 돈을 주고 키워야 한다며 십만 원을 아주머니에게 드렸다. 아빠가 똘이를 데려올 때 굳이 돈을 지불한 이유는 정확히 알 수 없다. 평소 아빠의 모습으로 미루어 짐작해 보면 아빠는 아마도 책임감을 갖고 똘이를 키워 보겠다는 마음이었을 것 같다. 일종의 가족으로 받아들이겠다는 의지를 스스로 다지는 행위 아니었을까.

엄마는 깔끔하다. 집이 24시간 청결한 상태를 유지해야 한다. 옷이나 책이 널브러져 있는 모습을 참지 못한다. 먼지도 마찬가지다. 고등학교를 전주로 가기 전까지는 매일같이 청소 잔소리에 시달렸다. 그럼에도 여전히 너저분하게 살고 있는 걸 보면 나도 참 대단하다. 어쩌면 남들이 뭐라 해도 꺾지 않는 고집은 이때부터 생겼는지도 모르겠다. 엄마와 함께 사는 삶에서 강아지 털이 날리는 방은 상상할 수 없었다. 나는 똘이가 집에 올 때부터 똘이의 보금자리는 방이 아니라 마당이라는 걸 알고 있었다. 엄마는 강아지를 데려왔지만 방 안에는 들이지 않겠다고 했다. 온 가족이 알레르기성 비염이 있기도 하거니와 결벽증에 가까울 정도의 엄마의 깔끔함 때문이었다.

우리 집은 마당이 조그마하게 있는 오래된 목조 시골집이다. 똘이의 집은 마당 한편에 만들어졌다. 밤이 되자 문제가 생겼다. 똘이가 어미와 떨어졌기 때문인지 일주일 동안 밤새 울어댔다. 잠귀가 어두운 아빠와 나는 쿨쿨 잠들었지만 잠귀가 밝은 엄마는 구시렁대며 하는 수 없이 똘이를 방 안으로 들였다. 전혀 상상하지 못했던 일이 벌어졌다. 마당에 사는 강아지가 방 안으로, 그것도 엄마가 눕는 침대 위로 온 것이다. 엄마에게 여러 가지 마음이 교차했던 것 같다. 어미와 떨어진 새끼 강아지에게 연민을 느꼈을 수도 있고 다음 날 출근해야 하는 모두를 위한 평화 협정이었을 수도 있겠다. 복합적인 이유가 있겠지만 확실한 건 근간에 똘이를 사랑하는 마음이 있었다는 건 분명하다.

엄마는 그렇게 우리 집 막내를 안고 잤다. 신기하게도 똘이의 울음은 그쳤다. 울어대는 아기들이 엄마의 품에 안겨 단잠을 자는 것처럼, 똘이도 엄마의 품에 안겨 잠에 들었다. 똘이의 마음은 어땠을까. 아침이 되면 똘이를 마당에 풀어놓았다. 여느 새끼 강아지들이 그렇듯 에너지가 넘쳤다. 엉덩이 쪽에 손가락만 한 꼬리를 상하좌우로 세차게 흔들며 마당을 운동장 삼아 뛰어다녔다.

마당에는 똘이 말고도 우리 집 셋째 '해피'가 있다. 해피는 '프렌치 브리타니아'종이다. 사람들은 해피를 보면 사냥개라고 부른다. 여러 집을 전전하다 우리 집에 왔다. 해피는 똘이를 잘 보살펴 줬다. 천방지축 똘이의 장난을 받아 주었다. 둘은 신나게 좁은 마당을 휘젓고 다녔다. 퇴근 후 저녁 시간은 똘이, 해피와 함께 노는 게 일상이었다. 내가 녀석들과 놀아 주는 건지 녀석들이 나와 놀아 주는 건지 헷갈릴 정도로.

해피는 '앉아', '엎드려', '왼발', '오른발', '기다려'를 수행할 줄 아는 천재견이었다. 똘이는 그야말로 천방지축이었다. 어떤 간식의 유혹에도 흔들리지 않았다. 마냥 신나서 장난치기를 원했다. 놀아 주기를 끝내는 쪽은 항상 우리 쪽이었다. 똘이는 지치지 않았다. 마치 물레방아의 물이 순환하듯 똘이의 에너지는 쓰면 다시 채워지는 것만 같았다. 팔뚝만 한 작은 체구에서 나오는 체력의 끝은 단 한 번도 보지 못했다. 그런 녀석에게 '기다려', '앉아', '엎드려' 같은 정지 동작을 상상할 수 있겠는가. 수행 불가 임무였다. 우리 가족은 똘이를 바보라고 놀려댔지만 교육이 불가능한 똘이의 에너지를 사랑했다. 나는 매번 간식을 잘게 쪼개어 주면서 다섯 가지 임무 정도는 수행할 수 있는 요원으로 훈련시키려 했다. 하지만 엄마와 아빠는 똘이가 꼬리를 흔들면 간식을 꺼내 지급했다. 오히려 똘이가 엄마와 아빠를 훈련시키는 것 같은 모양새였다.

똘이는 우리가 방 안으로 들어가면 마당에서 해피를 귀찮게 했다. 해피는 천방지축 똘이의 장난을 받아 주기도 하고 자기 집을 내어 주기도 했다. 우리 집 막내 똘이는 그야말로 우리 가족에게 치트키였다. 'Show me the 웃음'. 엄마와 아빠는 다투다가도 똘이 녀석 때문에 다시 웃었다.

똘이는 우리 가족의 웃음을 먹고 자라는 듯 하루가 다르게 무럭무럭 자랐다. 흰 도화지 위에 점 하나 같던 검은 눈은 어느새 또렷해졌고 귀도 쫑긋 서서 하늘을 향했다. 뒤뚱뒤뚱 엉성하게 달리던 모습은 폼이 나기 시작했다.

드넓은 운동장 같던 마당은 똘이에게 답답한 공간이 되었다. 마당 끝에서 몇 발자국 뛰면 어느새 반대편에 가 있었다. 에너지가 넘치는 똘이를 데리고 매일 저녁 강변과 공원, 학교 구석구석을 산책했다. 그 시기에 직장 때문에 서울로 올라왔다. 서울로 올라오면서 아빠와 엄마에게 신신당부했다.

"똘이 스트레스 받으니까 매일 산책해야 해."

이후 똘이는 엄마, 아빠의 건강 트레이너가 되어 이곳저곳을 누비고 다녔다. 나는 아빠와 엄마가 아니라 똘이에게 부탁했어야 했다. '살살 산책해 달라'고. 엄마 아빠의 손목은 목줄에 묶여 똘이에게 끌려다녔다. 그 무렵 엄마는 허리 수술을 하고 아빠도 허리 건강 상태가 악화되었다. 자연스럽게 똘이의 산책 시간은 사라졌다. 똘이에게 드넓은 운동장이었던 마당은 어느새 감옥이 되어 버렸다.

똘이를 개장수에게 보냈다

일주일 중 가장 나른해지는 일요일 아침이었다. 엄마의 문자 한 통이 도착했다. "똘이 다른 곳으로 보냈어." 가슴이 쿵쾅쿵쾅 뛰기 시작했다. 엄마에게 답장했다.

나: 어디로?

엄마: 아빠랑 엄마를 물어서 누구 줬어.

나: 아빠랑 엄마를 왜 물어?

엄마: 다른 개와 싸우려 해서 말렸는데 아빠랑 엄마랑 물었어. 아빠는 피가 철철 나서 침대보가 다 젖었어.

나: 병원은 가 봤어? 아빠랑 엄마 응급실부터 어서 가 봐.

엄마: 알겠어, 아빠가 자꾸 안 간다고 해서…. 설득해서 영동 응급실로 다녀올게.

나: 똘이는 어디로 보냈어?

엄마: 아빠 아는 사람한테 보냈어.

심상치 않은 기운이 맴돌았다. 바로 엄마에게 전화를 했다.

"(울먹이며) 그… 아빠… 아는 사람한테 보냈…다니까…."
나는 부랴부랴 옷만 갈아입고서 서울 집을 나섰다. 마음이 급했다. 코로나로 인해 무주로 가는 일부 시간대의 버스 운행이 중단되었다. 아빠와 엄마도 영동에 있는 병원 응급실에 가기로 하여 나도 그리로 가기로 했다. 응급실에서 아빠와 엄마를 만났다. 아빠와 엄마 모두 상처는 크지 않았다. 피가 철철 났다는 건 과장된 표현 같았다. 하지만 성견에게 물린 바람에 많이 놀라기도 했고 무엇보다 마음의 상처를 많이 받은 듯했다. 일단 아빠와 엄마를 진정시켰다. 그리고 무주 집으로 향했다. 운전을 하며 아빠에게 어떻게 된 건지 물었다.

아빠의 이야기는 다음과 같다.
토요일 저녁에 부모님과 똘이는 산책을 나갔다. 간만의 산책이었다. 산책 도중 멀리서 강아지 한 마리가 보였고 똘이가 엄청 흥분했다. 똘이가 다른 강아지에게 달려가려는 걸 아빠가 말렸다. 어떻게 통제했는지 듣지 못했지만 대략 평소 아빠의 모습을 미루어 보건대 결코 적절한 방식으로 통제하진 않았을 것이다. 그리고 똘이가 아빠를 물었다고 한다. 그리고 바로 다음 날, 아빠는 불충한 똘이를 내쫓기로, 개장수에게 팔아 버리기로 결심했다. 어렸을 때 "집 나가라. 너 같은 아들 필요 없다."라는 말을 들었던 적이 있다. 일종의 그런 훈육이었을까? 아니면 인간을 문 짐승에 대한 보복이었을까?

결국 개장수에게 보냈다. 충분히 교정이 가능한 '똘이'를 그냥 죽여 버렸다. 똘이를 개장수에게 보내는 과정은 단순했을 것이다. 전화 한 통이면 됐을 것이다. 잔인하다. 아빠와 엄마는 6년 동안 매일을 함께했던 가족을 살해했다. 그간 볼 수 없었던, 보이지 않는 곳에서의 잔인한 사람들 이야기가 현실이 되어 내 눈앞에 펼쳐졌다. 비윤리적이고 비인간적이라고 증오하고 비판했던 일이 실제로 벌어졌다.

나는 더 이상 대화를 진행할 수 없었다. 화가 나는 마음을 가라앉히며 집까지 가는데 조용히 운전에만 집중했다. 집에 도착했다.

나: 아빠, 개장수 전화번호 알려 주세요. 성견인 데다가 덩치도 커서 개장수에게 보내면 입양도 제대로 안 되고 최악의 곳으로 갈 수도 있어요. 제발 알려 주세요. 훈련사를 알아보고 행동 교정시키면 돼요. 아빠, 엄마 신경 안 쓰도록 제가 알아서 할게요. 이후에 똘이 행복하게 지낼 수 있도록 다른 곳에 입양 보낼게요. 똘이가 스트레스를 많이 받아서 그래요. 아시잖아요. 제가 올 때마다 말씀드렸던 것처럼 한창 뛰어놀고 냄새 맡으며 산책해야 할 아이를 가둬 두었으니 얼마나 스트레스 받았겠어요.

아빠: 안 돼. 끝났어. 사람 한번 문 개는 못 키워. 신경 쓰지 마라.

나: 아빠 제발요.

아빠: 아, 정말 너 왜 그러냐? 그렇게 할 일이 없냐?

나: 아니 그러면 저나 동생이 그렇게 해도 똑같이 하실 거예요? 가족이에요. 가족. 똘이도 가족이라고요.

집에 들어간 지 삼십 분도 되지 않아 밖으로 나와 버렸다. 비가 추적추적 내렸다. 일요일인 데다가 비까지 오는 바람에 길에 사람이 없었다. 읍내에 유명 영양탕 집을 다짜고짜 찾아갔다. 개장수라는 말은 차마 쓰지 못했다.

나: 안녕하세요? 혹시 개 사업하시는 분이라고 해야 하나요, 전화

번호 좀 알 수 있을까요?

(사장님이 당황하며 뜸을 들였다.)

나: 다름이 아니라 강아지를 데려오려고 하거든요. 아빠께서 강아지를 팔아 버렸는데 전화번호를 알려 주시지 않아서요. 죄송합니다.

사장님: …아닙니다. (휴대전화를 꺼내 전화번호를 검색한다.) 여기 전화번호 드릴게요.

전화번호를 받아 적었다. 똘이가 무사하기만을 바랐다. 개장수에게 전화를 걸었다. 사정을 말하고 혹시 오늘 무주에 방문했었는지 물었다. 그랬더니 일단 업자들은 집에서 키우는 일반 애완견은 크기가 작아 구매하지도 않고 도축하지도 않는다고 말했다. 본인은 무주에 간 적도 없고 학산에서 도사견을 번식시키고 키워서 보신탕 집으로 공급한다고 한다. 그러니 강아지를 별도로 구매하거나 판매하지는 않는단다. 물론 개를 사서 자그마하게 분양 사업도 하는 업자들도 있지만 본인은 그렇지 않단다. 그러더니 대뜸 견종이 뭐냐고 물었다. 대답을 채 하기도 전에 "혹시 진돗개예요?"라며 물었다. 진돗개는 아니지만 진돗개와 풍산개 믹스견이고 6세라다 큰 성견이라고 답했다. 그랬더니 아마도 똘이처럼 덩치가 큰 성견은 분양이 안 될 뿐더러 개장수들이 사지도 않을 거란다. 감사하다고 인사하고 전화를 끊었다.

당시엔 몰랐는데 견종을 말하지도 않았는데 진돗개냐고 물었던 게 미심쩍었다. 하지만 더 이상 내가 할 수 있는 건 없었다. 똘이와의 추억이 고스란히 묻어 있는, 그리고 똘이를 살해하고 방관한 아빠와 엄마가 있는 '그 집'에 들어갈 수 없었다.

똘이는 어디에서 무엇을 하고 있을까? 버림받았다고 스스로 자책하고 있지 않을지, 간절히 목 놓아 울고 있는 건 아닌지. 진작 똘이의 고통스러운 생활을 알고 있었음에도 가끔 산책 한번 나가는 것만으로 스스로를 용서하고 똘이를 위로했던 모든 날들이 미안했다. 내가 좀 더 진지하게 그 상황을 받아들였다면, 그리고 애썼다면 괴로웠던 똘이의 일상을 바꿔 줄 수 있지 않았을까. 나의 욕심과 가족들의 욕심이 똘이의 단 한 번의 생을 불행히 만들었던 건 아니었는지 자책했다. 아무런 힘이 없는 자책이었다.

똘이는 나와의 산책에서 단 한 번도 다른 동물이나 사람에게 위협을 가하지 않았다. 짖거나 무는 행동, 공격적인 행동은 한 번도 보지 못했다. 일반 강아지에 비해 덩치는 클지 모르지만 내게는 그저 산책을 좋아하는 강아지였다. 물론 그

외양만으로도 누군가에게 충분히 위협이 될 수 있기 때문에 난 항상 똘이와 산책할 때 사람이 지나가거나 다른 동물들이 보이면 다른 산책로를 이용했다. 불가피하게 마주쳐야 한다면 산책을 멈추고 똘이를 진정시켜 앉게 했다. 위협적인 행동은 한 번도 보지 못했다.

똘이는 말이 없다. 꼬리와 입과 눈 그리고 발로 감정을 표현한다. 온몸으로 의사를 전달한다. 사람을 반길 때는 펄쩍펄쩍 뛰기도 하고 골목에서부터 걸어 들어오는 가족들의 냄새와 발자국 소리를 알아채고서 반기는 소리를 내기도 한다. 말을 하지 않지만 마음의 귀를 기울이면 우리는 들을 수 있었다.

"똘이가 변했어."

아빠와 엄마는 똘이가 변했다고 이야기했다. 아빠와 엄마는 똘이에게 교감을 원한 게 아니었다. 충성을 원했다. 아빠와 엄마를 물었던 건 일종의 의사표현이었는데 그따위 의사표현은 '불충'이었다. 감히 짐승이 사람을!? 똘이는 그동안 괴로웠다고 쌓였던 고통을 표현한 것이다. 바깥 냄새를 맡고 싶었고 오랜만에 바깥 냄새를 맡으니 흥분되었던 것 같다. 주체할 수 없었던 거다. 처음부터 아빠와 엄마를 물려고 했던 게 아니라 아마 아빠의 강한 통제에 아마 더 흥분해서 입질을 하였던 것 아닐까?

아빠는 똘이가 아빠와 엄마를 물게 된 이유에 대해 단 한 번이라도 생각해 봤을까? 똘이에게 가장 많은 시간과 애정을 쏟은 건 아빠였다. 대소변을 치우는 몫도. 하루에 두세 번 밥을 주는 것도. 그렇기 때문에 똘이에게 물린 아빠는 몸보다 마음에 깊은 상처를 받았을 것이다. 아빠가 마냥 이해되지 않는 것도 아니다. 그렇다고 아빠를 용서할 수 없다.

똘이는 산책을 좋아했다. 마당에서 뛰노는 것만으로는 부족했다. 산책을 매일 가야만 했다. 그런데 똘이가 성체가 되면서 힘이 더욱 강해졌다. 반면 부모님은 나이가 들면서 기력이 약해졌다. 산책을 데리고 나갈 상황이 아니었다. 2019년 이후로는 짧으면 한 달에 한 번, 길면 석 달에 한 번 오는 내가 해 주는 산책이 전부였다. 똘이에게 미안했고 미안하다. 똘이와의 마지막 산책이 아직도 생생히 기억난다. 그날은 뭔가 이상했다. 무주에 저녁 늦게 도착한 날이었는데 똘이의 눈빛이 이상했다. 밤 11시가 넘었지만 산책을 다녀왔다. 그 다음 날 아침에 일어나 또 산책을 다녀왔다. 그리고 엄마에게 조심스레 똘이를 입양 보내자고 제안했다. 엄마도 이미 그런 생각을 가지고 있었는데 아빠가 워낙 똘이를 좋아해서 반대했다고 한다. 그 대화를 나눴던 때가 똘이를 본 마지막 날이었다.

아빠가 똘이를 개장수에게 보낸 그 이후에 내가 할 수 있는 건 없었다. 무기력했다. 똘이가 간 곳도 알 수 없었고 똘이의 생사 또한 알 수 없었다. 진실을 안다고 해서 고통이 사라지는 것은 아니지만 진실을 알지 못할 때 더 괴로운 법이다. 똘이가 어떻게 되었는지도 몰랐다. 그날 저녁 엄마는 내게 똘이를 안락사시켰다고 말했다. 하지만 그마저도 믿을 수 없었다.

다음날 월요일, 엄마에게 장문의 문자가 왔다. "똘이를 보내 줘야 한다. 크게 신경 쓰지 않았으면 좋겠다. 너도 가슴 아프겠지만 엄마와 아빠가 더 마음이 아프다." 이런 내용이었다.

통화하기 싫었지만 전화를 걸었다. 엄마는 아이가 우는 것처럼 울먹이며 이야기했다. 엄마는 잠도 못 자고 밤새 울었다고 했다. 너무 슬퍼서 아빠를 설득하려 했지만 아빠는 완강하게 거절했다고 한다. 엄마는 외할머니에게 전화해서 아빠를 바꿔 주었고 결국 외할머니와 통화 이후에 아빠는 설득

되었다고 한다. 아빠는 월요일 아침에 일어나 개장수에게 전화했다. 아빠는 개장수에게 아들도 슬퍼하고 아내도 슬퍼해서 다시 데려오려고 한다고 전했다고 한다. 그리고 그 말 끝에 엄마는 이야기했다. 똘이는 이미 '해체'되었다고. 정확히 그 단어였다. '해체'. 아빠가 전화를 바꿨다. 아빠는 살짝 울먹이는 목소리로 말했다. "아빠가 잘못했다. 미안하다."

　사과의 한마디도 단순했다. 마치 전화 한 통으로 똘이를 개장수에게 보냈을 때처럼. 그날의 통화는 부모님과의 마지막 통화다. 석 달이 훌쩍 지났다. 얼마간은 차마 '그 집'에 갈 수 없다. 아버지와 어머니의 목소리를 듣는 것도 내키지 않는다. 당분간 후레자식으로 지내기로 결심했다.

Part 1   내 삶에 끼어든 채식

불쑥 눈물이 쏟아진다

요즘은 불쑥 눈물이 쏟아진다.

나는 시내버스 안에서 숨죽여 울었다. 맨 뒷자리 창가 자리였다. 창밖으로 꼬리를 살랑살랑 흔드는 하얀 진돗개 한 마리가 시야 안으로 들어왔다. 입술은 파르르 떨리고 목이 메었다. 시내버스 안에서 청승맞게 울 수 없었다. 침을 꿀꺽 삼키며 터져 나올 듯한 눈물을 간신히 참았다. 창밖의 강아지는 당연히 똘이가 아니었다.

나는 광화문 횡단보도 앞에서 녹색 신호를 기다리며 울었다. 아내와 브런치를 먹고서 나오는 길이었다. 얼마 전 길고양이 헬씨를 집으로 데리고 왔는데 우리의 일상 속 변화에 대해 대화를 나눴다. 무더위도 잊고서 우리는 일상의 따뜻함과 평온함에 대해 이야기했다. 그렇게 흐뭇하게 웃던 중 또 울컥 터져 버렸다. 행복을 나누는 그때에도 슬픔은 비집고 들어왔다. 막으려고 애쓰지 않았다. 그날은 그냥 울었고 주 머니에서 주섬주섬 휴지를 꺼내 서로의 눈물을 닦아 주었다.

1일 1버무림 비건 식단을 유지한 지 두 달째다. 채소와 과 일을 손질한다. 손질한 신선한 재료들을 접시에 가득 담는 다. 요리라고 하기엔 민망한데 이 과정은 내게 일종의 기도 다. 죽은 생명체들 그리고 고통받고 있는 생명체들을 기억하 고 애도한다. 다짐한다. 그리고 어김없이 똘이가 떠오른다. 채소와 과일을 우걱우걱 씹으며 그렇게 또 훌쩍거린다. 편히 운다. 집이니까.

나는 이렇게 자주 혼자서 울고 때론 아내와 함께 운다.

2020년 5월 똘이는 무지개다리를 건넜다. 아내는 말했다. "똘이는 항상 옆에 함께 있을 거야." 맞다. 지금 이 땅을 딛고 있진 않지만 어떤 형태로든 함께한다고 믿는다. 시야에서 사 라졌지만 기억과 함께 다시 살아난다고 믿는다. 생전에는 함 께 숨 쉬고 뛰었다. 물리적인 시공간을 공유하며 정서적인 교감을 나눴다. 똘이가 곁에 없는 지금, 내가 사는 시간과 나의 기억을 똘이가 공유한다고 믿는다. 똘이와의 기억을 떠올리는 순간은 똘이가 살아나는 순간이다. 안타까운 건 주로 슬픈 감정과 함께 똘이가 다시 살아난다는 점이다. 슬픈 기억, 똘이가 고통받았을 순간을 상상하는 데 대부분의 시간을 보낸다. 어느 순간엔가 이런 생각이 들더라. '똘이와 함께하는 순간이 항상 슬픈 순간이라면, 똘이 또한 슬퍼하고 있겠구나.'라는 생각에 나는 다시 또 미안해진다.

그렇다고 슬픈 기억으로 똘이를 떠올리는 걸 막을 순 없다. 그래서 난 의식적으로 아픈 기억이 떠오를 때마다 똘이와의 행복했던 추억을 떠올리기로 했다. 그런데 이상하게도, 행복했던 추억을 떠올리는 그 순간에도 눈물이 흐른다. 눈물은 예기치 못한 상황에 불쑥 흐르고 울컥 쏟아진다. 반면에 억지로라도 미소를 지어 보는 건 좀처럼 쉽지가 않다.

아마도 당분간 혹은 오랫동안, 나는 이렇게 애도할 것 같다.

나는 왜 채식주의자가 되었나

"어떻게 채식을 시작하게 됐어?"

자주 듣는 질문이다. 논비건에게 내가 채식을 하게 된 계기를 단순하면서 명쾌하게 설명하기란 매우 어렵다. 채식 정당성을 논비건에게도 인정받으려는 과도한 욕심 탓일까.

나는 어느 날 홀연히 채식주의자가 된 게 아니다. 채식을 시작한 지 1년이 좀 넘었지만 이전에 채식에 대한 고민은 4년 정도 했다. 고민을 하게 된 계기는 바로 반려동물 때문이었다. 채식을 고민하던 기간에도 고기를 맘껏 먹는 때도 있었고 동물 복지 농장 고기를 먹는 나름의 과도기를 거치기도 했다.

시고르자브종 '똘이'는 젖을 막 떼자마자 우리 집에 와서 무럭무럭 자랐다. 당시 똘이는 분명히 '느끼고 있었고' 나와 깊은 대화를 자주 나눴다. 서로가 서로의 온기를 느꼈다. 서로 다른 언어를 사용했지만 똘이와 소통하고 교감하는 건 아주 자연스러운 일이었다. 그때까지만 해도 '개'만 특별한 동물이라고 생각했었다.

어느 날 강렬한 제목과 표지에 이끌려 책을 구매했다. 『동물을 먹는다는 것에 대하여』(조너선 사프란 포어). 읽는 내내 나는 괴로웠다. 내가 동물의 고통에 가담하고 있다는 현실을 직시했기 때문이다.

나는 보다 적극적으로 현실을 들여다보기로 했다. 동물 다큐멘터리를 찾아보았고 동물권에 대한 정보를 찾기 시작했다. 개만 특별한 동물이라는 생각은 어느새 사라졌다. 차곡차곡 내 가슴에 수많은 동물의 희로애락과 죽음의 장면들이 함께 쌓여 갔다. 동물의 기쁨과 행복을 보며 미소 짓기도 했지만 인간의 동물 학대와 동물 착취로 인한 고통이 나를 압도했다. 그들의 삶은 가혹했고 참혹했다. 자주 눈물을 흘렸지만 돌아서면 또 고기를 먹었다. 나름 노력했다. 일말의 죄책감을 덜어내기 위해 동물 복지 농장 고기를 사 먹는 식이었다. 하지만 죄책감은 사라지지 않았다.

동물권 단체 카라의 영화제는 채식을 결심하게 된 결정적

계기가 되었다. 몇 편의 다큐멘터리를 보는 동안 참혹함을 느꼈지만 눈물을 흘리지는 않았다. 눈물 몇 방울로 죄책감을 씻어내고 싶지 않았다. 당장 완벽한 채식주의자가 될 수 없더라도 채식을 지향하는 플렉시테리언이 되기로 마음먹었다.

나는 의지박약한 인간이라 여러 핑계로 채식을 포기할 위기가 많았다. 그러나 두 가지 결정적인 사건을 겪으며 채식을 지속할 수 있게 되었다.

첫 번째는 똘이의 죽음이다. 우리 집 막내 똘이가 개장수에게 팔려 갔다. 참혹한 사건이 채식을 지속하게 하는 가장 결정적인 동력이 되었다. 두 번째는 길고양이와의 운명적인 만남이다. 의식하지 않았었던 생명체의 생존과 삶을 찬찬히 들여다보기 시작했다. 한 번의 이별과 한 번의 만남이 내 인생을 바꾸었다.

강아지와 고양이에게서 느꼈던 감정은 다른 동물에게로 확장되었다. 나는 분명히 다른 동물을 차별하고 있었다. 인간 역시 동물인데 단지 종이 다르다는 이유만으로. 차이가 차별의 이유가 되어서는 안 된다. 어떤 동물은 인간과 가깝다는 이유로 죽음을 면하고 어떤 동물은 인간과 멀다는 이유로 고기가 된다.

　수많은 동물을 바라보는 시선이 달라졌다. 나는 개를 보며 소와 돼지를 떠올리고 함께 사는 헬씨(고양이)를 보며 인간을 떠올리기도 한다. 마트에서 장을 보고 갖은 채소로 요리하면서 이별한 똘이를 애도하고 고통받고 도살되는 수많은 동물들을 애도한다. 채식은 내게 애도다.

복날, 명복을 빌다

어렸을 적 계곡에서 친척들과 개고기를 먹었다. 냄새가 매우 불쾌했다. 그 이후로 개고기를 먹지 않았다. 그래도 복날이 되면 고향 친구들과 보신탕 식당으로 갔다. 나는 삼계탕을, 친구들은 보신탕을 시켜 먹었다. 직장 생활을 시작하고서도 복날이 되면 직장 동료들과 삼계탕을 먹었다. 이건 나의 이야기이면서 동시에 우리 사회에 흔한 복날의 풍경이기도 하다. 점심에는 삼계탕을 먹고 저녁엔 삼겹살로 몸보신을 한다. 최근에는 줄어들었지만 몸보신을 이유로 여전히 개고기를 먹는 사람들이 있다.

『사기』에 기록된 것처럼 개를 잡아 충재(蟲災)를 막는다는 건 하나의 제사였다. 주술 행위에 불과했다. 하지만 더위를 물리치고 몸을 보양하기 위해 개고기와 닭고기를 먹는 게 실제로 효능이 있긴 하다. 굳이 조선시대 자료가 아니어도 고기가 고단백 음식이라는 걸 부정할 사람은 아무도 없다.

『사기』의 진기 제5장에는 "진덕공 2년(기원전 679년)에 삼복 날에 제사를 지냈는데 성내 사대문에서 개를 잡아 충재를 막았다"는 기록이 있다.

—홍석모, 『동국세시기』

개를 삶아 파를 넣고 푹 끓인 것을 구장이라고 하는데, 여기에 죽순과 고춧가루를 타고 밥을 말아서 시절 음식으로 먹는다. 이렇게 먹고 나서 땀을 흘리면 더위를 물리치고 허한 기운을 보충할 수 있다.

—홍석모, 『동국세시기』

닭고기는 따뜻한 성질로 오장을 안정시키고 몸 저항력을 키운다.

—허준, 『동의보감』

우리는 전통을 답습하기도 하고 변형시키기도 한다. 때로는 적극적으로 거부하기도 한다. 복날은 어떠한가. 충재를 막기 위해 복날의 전통을 계승해야 할까. 그렇지 않다. 미신이다. 그렇다면 현대인들이 여전히 복날 삼계탕과 보신탕을 먹는 이유는 무엇인가. 단순하다. 맛있기 때문이다. 팍팍한 일상을 이겨내기 위함이다. 전통이 변형되어 소소하지만 확실한 행복을 주는 문화로서 자리를 잡은 것이다.

복날 고기를 먹는 문화가 지속되어야만 하는가. 안 그래도 육류 식단이 넘쳐나는 세상에 '복날엔 더 많은 육식을'이라고 외칠 필요가 있을까. 오늘날처럼 먹을거리가 풍성했던 시기가 있었던가. 풍성을 넘어 넘치는 시기다. 먹을거리가 부족했던 조선시대가 아니다. 현대를 살아가는 우리는 육식을 지향해야 하는지 생각해 볼 필요가 있다. 육식은 단순히 기호성의 문제로 끝나지 않기 때문이다.

먹히기도 전에 축사에서 죽음을 맞이하는 생명들도 많다. 오른편엔 배설물이, 왼편엔 사체가 있다. 오늘날 축사의 풍경이다. 굳이 공장식 축산이 아니어도, 대다수의 생명들이 '먹히기' 위해 길러진다는 진실은 변함이 없다. 매해 복날이 되면 도살당하는 개체는 더욱 늘어난다. 우리가 소소하지만 확실한 행복을 얻는 그 순간, 동시에 동물들은 이름도 없이 번호의 삶을 살아간다. 아니 눈 깜짝할 사이에 죽는다. 육식을 부추기는 시스템에 우리 스스로의 제동이 없다면 이 착취와 고통의 시스템은 더욱 견고해질 것이다. 그런 의미에서 육류 소비는 '동참하는 것'이다. 복날의 문화는 농림축산검역본부 도축 실적에 크게 기여하고 있다. 자료를 보면 여름 6~8월, 특히 삼복이 있는 7월의 도축 실적은 급증하는 걸 볼 수 있다. 매월 '도축 실적'은 우리에게 달려 있다. 특히 복날이 있는 7월의 '도축 실적'은 우리의 선택에 달려 있다.

최근 비건 전문 음식점들이 생기긴 했다. 하지만 비건 음식점은 '찾아서' 가야 하는 실정이다. 반면 거리에서 고기 없는 식당을 찾아보기가 힘들다. 우리는 고기 없는 식사를 언제 해 보았는가. 고기 없는 식탁의 풍경은 찾아보기 힘들다. 이런 상황에서 굳이 복날에도 고기 먹는 문화를 지속시켜야 하는 이유에 대해서 묻고 싶다.

채식 지향의 삶이 개인의 선택이듯 육식도 선택이다. 양쪽 모두 서로에게 강요할 수 없다. 다만 제안하고 싶다. 복날만큼은, 복날만이라도, 복날의 한 끼만이라도 육식을 멈출 수 없을까. 매년 7월 농림축산검역본부의 '도축 실적'이 낮아지도록 동참해 주시길 간곡히 부탁드린다. 우리의 참여가 '실적'에 분명 영향을 줄 것이다. 수많은 생명을 실은 지옥 열차는 달리고 있다. 지금 이 순간에도. 먹히기 위해. 입혀지기 위해. 종착지는 도살장이다.

아울러 무분별한 육식은 인간에게도 해롭고 환경에도 악영향을 끼친다. 이미 널리 알려진 과학적인 사실이다. 지구는 경고한다. 코로나를 비롯한 감염병을 통해 메시지를 지속적으로 보내고 있다. 우리는 이 메시지에 주의를 기울여야 한다. 자연을 향한 인간의 폭력은 반드시 인간에게 돌아(復)온다. 앞으로의 복날은 명복을 비는 복날이 아니라 무사한 복날이 되기를. 샐러드 한 상 푸짐하게 차려 놓고 기도한다.

채식하면 살 빠져요?

사람들이 연초 가장 많이 세우는 목표이자 가장 많이 실패하는 목표가 다이어트다. 하지만 난 다이어트를 해 본 적이 없다. 최근 십 년간 나의 몸무게는 오차 범위 3kg 내에서 잔잔한 변화만 있었고 키에 비해 마른 체형을 유지해 왔다. 마른 몸보다 근육질 몸이 되었으면 하는 바람이 간혹 생기기도 하지만 그렇다고 현재 마른 몸이 싫지 않다. 이 때문에 몸무게 자체에 집착하지 않는다. 살이 찔까 봐 염려하며 먹어 본 적이 없고, 칼로리 계산을 하며 식사를 해 본 적도 없다. 먹고 싶은 건 다 먹어 가면서 마른 체형을 유지했다. 이유는 단순하다. 운동을 즐겨 했기 때문이다.

"차라리 먹고 싶은 거 먹으면서 운동해."

늘 마음속에만 담아 뒀던 말이다. 그러던 어느 날, 아내와 다이어트를 주제로 대화를 나눴다. 아내와는 격이 없는 사이기에 마음속에만 담아 두기만 했던 말을 꺼냈다. 아내도 내게 숨겨 두었던 레이저 눈빛을 쏘아댔다. 앞으로 이 말은 어디서든, 누구 앞에서든 꺼내지 않아야겠다고 다짐했다.

"살 빠진 거 같아."

"바싹 말랐네."

"말라깽이야. 살 좀 찌워라."

최근 반년 동안 친구를 만나면 첫인사가 비슷했다. 만나는 친구들은 하나같이 내 마른 몸에 대해 이야기했다. 처음에는 너무 오랜만에 봤기 때문이라고 생각했는데, 아니었다. 어떤 의도였든, 전혀 불쾌하진 않았다. 하지만 집으로 돌아와 거울을 볼 수밖에 없었다. 거울을 보면 내 몸에 대한 객관화가 될 줄 알았는데, 아무리 봐도 보기가 좋다. 자세히 보면 볼수록 적당한 근육 크기, 군살 없이 쩍쩍 갈라진 몸매만 보였다. (맞다. 나는 나르시시스트다. 나르시시스트가 되면 다이어트할 필요가 없다. 차라리 다이어트를 하지 말고 나르시시스트가 되자.)

이상하게도 거울을 멀리서 보니 그제야 내 몸에 대해 객관적으로 보게 되었다. 안 그래도 없던 살이 더 없어졌다. 군살이 더 빠졌고 허벅지 쪽도 군살이 빠진 건지 근육이 빠진 건

지 슬림해졌다. (나름 허벅지 두께에 자부심을 느꼈는데.) 예전 사진들을 뒤적뒤적 찾아봤다. 전체적으로 살이 빠지긴 했는데 특히 얼굴 살이 많이 빠졌다. 서른에 진입하고서 생긴 변화이기도 하겠지만, 채식의 영향이 크다고 판단했다. 그제야 체중도 재 보고 근육량도 측정을 해 봐야겠다고 생각했다. 쉬는 날 주민센터에 찾아가 체성분 검사를 하며 체중을 측정했다.

결과는?

채식을 시작한 지 1년 정도가 되었고 몸무게는 이전보다 2~3kg 빠졌다. 60kg를 가까스로 넘겼다. 다행인 건 근육량이 줄진 않았고 오히려 체지방량이 너무 적어 영양상담사는 지방량을 좀 늘려야 한다고 조언했다. 사실, 채식 이후 몸이 가벼워졌다고 느껴 왔다. 단순히 체중 때문만은 아니라고 판단했기에 실제로 체중이 감량되었을 거라곤 예상하지 못했다. 나는 살을 찌우기로 결심했다.

먹는 양의 변화

식단에 변화를 주어 살을 빼거나 찌우는 사람들이 많다. 나는 천성이 게을러서 식단을 변화시켜 재구성하는 일이 매

우 귀찮게 여겨졌다. 식단 구성은 크게 바꾸지 않고 탄수화
물 양 자체를 좀 늘리기로 했다.

매번 먹는 식단에서 잡곡밥 양을 한두 숟가락 더했다. 파
스타를 먹을 땐 평소보다 면을 좀 더 넣어 먹었다. 채식 라면
을 먹을 땐 국물과 밥을 함께 먹었고 비건 만두도 밥과 함께
먹었다. 간식으로는 과자를 먹었는데 조청유과나 인절미 스
낵 같은 비건 제품이지만 정크푸드들을 자주 먹었다. 가끔
고구마나 감자를 밥솥에 쪄 설탕에 찍어 먹었다. 버무림(샐
러드)을 먹을 때도 마찬가지다. 양을 늘렸다. 케일 잎을 두 장
더 썰고, 양배추 양도 늘리고, 방울토마토 양도 늘렸다. 아몬
드와 같은 견과류도 몇 알씩 더 넣었다. '뭐라도 더 먹으면 살
이 찌겠지' 하는 마음으로 '더' 먹었다. 그랬더니 살이 쪘다.
두 달 만에 2~3kg이 쪘다. 살을 찌우는 비결은 육식이든, 채
식이든 하나다. 더 먹으면 된다. 간단하지 않은가.

체중 감량 식단

살을 찌워 보니 알겠다. 식습관만 두고 논하자면, 살을 빼
는 방법도 무척 간단하다. 찌우는 방법 반대로 하면 된다. '덜'
먹으면 된다. 다이어트 식단 정보를 궁금해하는 이들이 있을
것 같아 살이 빠졌던 채식 식단을 공개한다. 그때그때 조금

씩 달랐지만 아침 식단은 거의 동일했고 점심과 저녁은 때에 따라 달랐지만 한 끼는 버무림 식단, 한 끼는 칼로리가 높은 식단이었다. 물론 이 식단은 평소에 어떻게 먹던 사람이냐에 따라 다르다. 이것보다 적게 먹었던 사람이 이 식단으로 변경할 경우 체중이 증가할 수 있고 이것보다 많이 먹었던 사람은 당연히 체중이 감량할 것이다.

아침 : 시리얼이나 식빵과 두유, 아몬드 브리즈 조합＋사과 1개

버무림 식단 : 방울토마토, 양상추(케일), 양배추, 견과류＋집에 있는 과일

간식 : 과자, 고구마, 감자, 소시지 안 들어간 핫도그, 콜라, 맥주 등

칼로리 높은 식단 : 밥은 기본적으로 현미 잡곡밥, 채식 카레, 아라비아따 파스타, 피클, 김치, 김치찌개, 된장찌개, 비건 만두, 생선 요리, 채소샤부샤부, 두부채소볶음 등

비염이 사라졌다

"에취!"

나는 어려서부터 알레르기성 비염 질환을 앓으며 살아왔다. 비염은 공부하는 데에도 지장을 주었다. 물론 명문대에 못 간 건 비염 때문은 아니다.

비염 때문에 휴대폰만큼이나 두루마리 휴지를 자주 만지작거리며 살아왔다. 사춘기 시절에는 한창 멋 부릴 시기였는데 훌쩍훌쩍거리며 휴지로 콧물을 닦는 스스로가 싫었다. 폼 나는 스타일에 휴지는 없었기 때문이다. 어렸을 적부터 어딜 가든 가방을 들고 다니게 되었는데 그 습관은 온전히 비염 때문이다. 화장지나 물티슈, 손수건을 항상 챙겨 다녔다. 주머니에 넣어도 되지 않느냐고? 주머니에 물건을 넣어 불룩불룩 튀어나온 스타일이 싫었다.

가끔 깜빡하는 날이 있다. 하필이면 그런 날 비염 증상이

심하다. 콧물이 내 예상과는 달리 너무나도 묽고 빠르게 흘러 당황스러운 때가 많았다. '스르르'가 아니라 '슥' 흐르면 참사를 막을 수 없다. 몸이 이렇다 보니 환절기가 찾아오면 무서웠다. 먼지가 많은 장소를 싫어했고 코가 예민하니까 담배 연기가 자욱한 PC방도 싫었다.

게다가 몸이 피곤하거나 환절기가 되면 비염 때문에 코가 양쪽 다 막혀 버리기도 했는데, 이런 날 밤에는 침대에 눕기가 무서웠다. 입으로 숨을 쉬다가도 숨이 멎는 것만 같아 두려웠다. 지금도 그 끔찍한 순간들은 생생히 기억난다.

채식 이후 환절기가 무섭지 않다. 채식을 시작하게 된 계기는 윤리적인 이유였다. 채식을 시작할 때만 해도 채식이 비염 증상을 완화하는 데 도움이 되리라곤 예상하지 못했다.

채식을 4개월 정도 하니 겨울에서 봄으로 이동하는 환절기가 찾아왔다. 그런데 환절기와 늘 함께 찾아왔던 비염 증상이 나타나지 않았다. 이번 환절기는 운 좋게 넘어간다고 안도했다.

두 번째 환절기를 맞이했다. 바로 이번 추석이었다. 채식이전에, 비염 증상은 연중 추석 때가 피크였다. 콧물을 주르륵 흘리고 하루 종일 훌쩍거리며 휴지로 코를 풀었다. 정말심할 땐 눈이 가려워서 충혈되고 퉁퉁 부어 눈물도 흘렸다.

추석 때 비염 증상이 심해졌던 이유는 두 가지다. 첫 번째 이유는 추석 전후가 보통 일교차가 심한 환절기이고, 두 번째 이유는 추석 때가 되면 고향에 가니까 잠자리도 바뀌고 생활환경도 바뀌기 때문이다. 약을 평소에 잘 먹지 않는데 추석 때면 비염 약을 꼭 챙겨 먹었다. 비염 약을 복용하기 전에는 눈물과 콧물을 흘리며 몽롱해졌고, 복용 후에는 콧물과 눈물은 멈췄지만 쏟아지는 졸음을 이기진 못했다.

2020년 10월, 채식을 시작한 지 1년 하고도 1개월. 추석에 비염으로 딱 하루 고생했다. 강도도 이전보다 훨씬 약했고 고생하는 기간도 훨씬 줄어들었다. 매년 찾던 약도 더 이상 찾지 않게 되었다.

30년을 달고 살았다. 비염의 원인도, 비염이 사라진 요인도, 객관식 답안처럼 콕 집어낼 수 없다. 다만 추측할 뿐이다. 비염이 유전적인 요인으로 발생했다고 추측하는 것처럼, 비염이 사라진 이유는 채식 때문이라고.

비염을 앓았던 많은 채식인들이 채식 효능과 경험을 증언했다. 하지만 비염과 채식 간 연관성은 의학적으로 밝혀진 바가 없다. 관련 논문이 있을까 하여 검색해 봤는데 찾지 못했다.

비염 증상이 완화되었다는 사실을 깨달았던 시기에는 비

건도 아니었다. 비건 지향이었지만 가끔 페스코 베지테리언이 되기도 하고, 비덩주의자*가 되기도 하고, 프루테리언이 되기도 했던 시기다. 그런데 이 정도 채식 식단으로도 충분히 효과를 보았다.

알레르기성 비염으로 해마다 고생하는 이가 있다면, 채식 지향 식사를 지속적으로 해 볼 것을 권한다. 육식을 중단하거나 줄여 보라. 매 끼니 고기를 먹는 사람이라면, 일주일에 세 끼 혹은 하루에 한 끼 정도로. 효과는 환절기에 확인하면 된다. 내 몸 건강을 위해 작은 실험을 해 보는 것이다. 각자 상황에 맞게 시도해 보길 조심스럽게 권해 본다. 어쩌면 비염과 이별할 수 있을지도 모른다.

"비염 환자들이여, 휴지로부터 해방되어라!"

* 덩어리로 된 고기는 먹지 않는 유형. 동물성 식품첨가물은 허용한다.

"번거롭게 해 드려 죄송합니다" 1편
─ 김밥과 국물 요리 주문하기

"번거롭게 해 드려 죄송합니다."

일하면서 자주 쓰는 말이다. 무언가를 요청할 때 종종 쓴다. 나는 상대를 배려하고 있음을 드러낼 때 주로 이 말을 사용한다. 반대로 상대로부터 이 말을 들으면 배려받는 기분이 든다. 전달하려는 메시지 앞이나 뒤에 놓으면 겸손하고 예의 있게 만드는 신비함을 지닌 문장이다. 그런데 채식을 시작한 이후로 이 말을 하는 빈도가 늘어났다.

김밥은 한국인이 사랑하는 음식이기도 하지만 채식인들이 외식할 때 즐겨 찾는 음식이기도 하다. 동물성 식품이 들어갔는지 안 들어갔는지 한눈에 알 수 있다. 미리 만들어 놓은 김밥을 쟁여 놓고 판매하는 음식점도 있지만 대부분의 음식점에서 김밥은 주문 후에 요리하는 음식이다. 김밥의 종류가 많기 때문이다. '선주문 후요리' 시스템은 의도치 않게 채식인들에게 반가운 소식이다. 일반 김밥을 주문하고 김밥에 들어가는 동물성 식품을 빼 달라고 요청하면 되기 때문이다.

김밥집에 들어선다. 주문할 차례가 되면 바로 그때 '그 말'이 나온다.

"사장님, 김밥에 햄, 달걀, 어묵, 맛살 빼고 다른 채소로 대체해 주실 수 있나요? 많이 바쁘시죠? 번거롭게 해 드려 죄송해요."

'번거롭게 해 드려 죄송하다'라는 말은 앞에 붙어도 되고 뒤에 붙어도 된다. '번거롭겠지만 부탁드린다'라는 뜻만 전달하면 되기 때문이다.

가끔 점심때에 김밥 음식점에 가면 '죄송하다'라는 말조차 죄송하게 느껴질 정도로 바쁠 때도 있다. 그러니 혹시 이 글을 초급 채식주의자가 본다면 '번거롭지만 죄송하다'라는 말은 잊어도 좋으니 햄, 달걀, 어묵, 맛살 네 가지를 꼭 기억하라.

채식과 비건에 대한 인식이 워낙 무지한 터라 아무 생각 없이 "햄이랑 달걀 빼 주세요"만 말하면 예상치 못하게 어묵이나 맛살이 한 줄 들어가 있는 경우가 허다하기 때문이다.

김밥 다음으로 난도가 높은 음식이 있다. 바로 국물이 들어가는 요리다. 한식 음식점에는 국물이 들어가는 요리가 많다. 된장찌개, 김치찌개, 순두부찌개, 콩비지찌개 등. 된장찌개라고 된장만 넣고 끓인 음식이 아니다. 멸치 육수나 쇠고기 조미료가 들어갔을 수도 있다.

그렇기 때문에 "국물에 OO이 들어갔나요?"보다는 "국물에 어떤 재료가 들어가나요?"라고 묻는 게 동물성 식품이 들어갔는지 확실히 확인하는 방법이다. 그런데 국물에 어떤 재료가 들어가는지 물으면 열에 아홉은 당황하면서 이상한 눈초리로 쳐다볼 것이다.

'이 사람이 왜 이걸 물어보지? 우리 요리 비법을 캐내러 온 경쟁업체인가?' 의심할 것이다. 그러니 반드시 질문의 이유를 설명해야 한다.

"국물에 어떤 재료가 들어가나요? 제가 채식을 해서 동물성 식품, 고기나 사골로 우려낸 국물이나 멸치 육수, 달걀을 먹지 않아서요. 혹시 제가 말씀드린 것 중에 들어가는 재료가 있나요?"

이 정도로 물어보면 대부분 알아챈다. 내가 말한 재료 목록 외에 들어간 동물성 식품이 있다면 이야기해 줄 것이다.

상황이 이렇다 보니 비건 식당이 아닌 채식 옵션의 식당에서 식사를 하는 게 매우 불편하다. 확인하는 과정이 먹는 나도, 요리를 하는 요리사도 번거롭고 불편할 수밖에 없다. 그런데 생각해 보면 우리는 음식을 선택해서 주문하지 않나. 물론 단품 메뉴로 음식을 판매하는 곳도 있지만 대부분 메뉴판에는 여러 종류의 음식이 있다. 우리는 그중 원하는 메뉴를 선택해서 주문한다.

채식도 마찬가지다. 다만 채식 옵션 식당이나 육식 전문 음식점에 가면 메뉴판에 채식의 종류 표기가 되어 있지 않아서 불편한 것뿐이다. 일부 채식 옵션 음식점에 가면 채식 종류가 음식 옆에 조그마하게 표시되어 있다. 비건부터 논비건까지 모두가 식사할 수 있는 음식점이다. '육식 전문점'이 아니라면 메뉴판에 채식 종류가 표기되어 채식인과 음식점 직원 모두가 번거롭지 않고 불편하지 않은 주문의 시간이 오길 간절히 바란다. 꿈같은 이야기가 아니다. 이미 국내 여러 음식점은 채식 종류를 표기하고 있고 해외에서는 매우 익숙한 풍경이기 때문이다.

"번거롭게 해 드려 죄송합니다" 2편
— 뻥튀기 구매 후기

비건 지향식을 하면서 자연스레 과자를 멀리하게 됐다. 며칠 전에는 집에 돌아오는 길에 뻥튀기 과자를 판매하는 차량을 봤다. 뻥튀기만 있는 게 아니었다. 맥줏집에서 기본 안주로 나올 만한 과자는 전부 모여 있었다. 고구마 과자, 소라 과자, 전병, 대롱 과자, 뻥튀기, 오란다 등이었다. 과자들은 나를 골라 달라는 듯 질서 있게 줄 서 있었다. 걸음은 계속 앞을 향해 나갔는데 내 시선은 과자들에 고정되어 있었다. 차량을 지나 한참을 걷다가 과자의 유혹을 이겨내지 못하고 다시 트럭 쪽으로 다가갔다. 사장님께 말했다.

"번거롭게 해 드려 죄송한데요. 혹시 과자에 우유나 달걀이 들어가나요?"

돼지나 소는 들어가지 않을 것으로 예상했다. 어느 정도 채식을 하다 보니 이제 대략 어떤 먹을거리에 어떤 동물성 성분이 들어가는지 예측이 된다. 사장님은 "전병에는 우유가 들어가고 나머지는 잘 몰라요. 제가 만들어 오는 게 아니라서 모릅니다."라며 귀찮은 듯 말했다. '뻥튀기 하나 주세요.' 하는 고객이 전부였을 텐데 살 것 같지도 않아 보이는 놈이 이것저것 물어보니 귀찮을 만하다. 나는 트럭에 쌓인 박스를 보았다. 전부 ○○제과가 새겨진 박스들이었다.

"사장님, 아까 떼 온다고 하셨는데 혹시 ○○제과가 그곳이에요?"

사장님은 고개를 끄덕이며 '네'라고 짧게 대답하였다. 이제 인터넷 박사님의 도움을 요청할 때였다. 나는 손가락 두 개로 과자 속 세계를 탐구했다. 다행히도 ○○제과를 치니 몇 가지 과자들이 검색되었고 성분표도 나왔다.

나는 그렇게 엄지손가락 탐험을 마치고 뻥튀기 하나를 샀다. 다른 과자들은 ○○제과에서 떼 온 과자들이다. 박스에서 꺼내진 과자. 하지만 뻥튀기만큼은 트럭 뒷칸에 실린 기계로 그때그때 바로 만드는 과자였다. 나는 다시 한 번 물었다. "뻥튀기에는 우유나 달걀 안 들어가죠?" 사장님은 다른 과자를 이야기할 때보다 목소리에 힘을 주어 이야기했다. "안 들어가요." 나를 지긋지긋한 놈이라고 생각했거나, 아니면 뻥튀기만큼은 본인이 직접 만들기 때문에 자신감 있게 말했을 수도 있겠다. 사장님이 나를 어찌 생각하건 어쩔 수 없었다. 그곳에 있는 과자는 어디에도 성분표가 부착되어 있지 않았고 나는 어떤 동물이 희생되었는지 반드시 확인해야 했기 때문이다.

나는 뻥튀기를 하나 사 들고 집으로 돌아왔다. 삼천 원짜리 뻥튀기를 손에 쥐기 위해 사장님과 대화도 하고 거리에서 휴대폰을 붙잡고 엄지손가락으로 탐험도 했다. 채식은 참으로 번거로운 일이다. 또한 누군가를 번거롭게 하는 일이다. 무엇을 추가로 넣어 달라고 요구하는 것도 아닌데 죄송하면서까지 이야기할 필요가 있을까 싶기도 하지만 식당 직원의 눈을 보며 난 오늘도 말한다.

"번거롭게 해 드려 죄송합니다만…."

반면 생명의 죽음과 고통 앞에 우리의 번거로움을 따지는 건 사치라고 느껴지기도 한다. 동물은 고통스럽게 죽음을 향해 달려가는데 나는 한낱 '번거로움'의 문제로 치부하는 게 부끄럽기도 하다. 우리는 언제 "번거롭게 해 드려 죄송하다"라는 말을 멈출 수 있을까.

그러면 치킨도 안 먹어요?

초보 채식주의자. 그때는 채소를 먹으면서 마음과 체질이 변화해 가는 시기였다. 과자에 들어가는 동물성 재료에는 문제의식이 없던 때. 끼니 때마다 스스로와 싸웠다. 채식한다고 드러내지도 않았던 시기라 의도적으로 친구들과의 약속을 잡지 않기도 했다. 괜히 채식한다고 소문냈다가 나중에 다시 육식을 하게 되면 너무나도 창피하지 않나. 상상만 해도 부끄럽다. 고개가 절레절레. 친구와 가족을 만나 채식에 대한 이야기를 하며 홍보하거나 설득할 겨를이 어디 있나. 일단 황급히 설득시켜야 할 건, 바로 나의 뇌와 입. 30년간 길들여진 녀석들을 설득하는 게 쉽지는 않았다.

동물들이 칼에 찔리고 피를 쏟고 비명을 지르는 현실. 문자로 읽고 영상을 통해 눈으로 보고 귀로 들었다. 가려져 있는 진실을 알아 가는 과정도 힘들었지만 도시 어느 곳에서도 피 흘리는 동물을 볼 수 없는 현실에서 두 발을 딛고 살아가는 삶도 힘들었다.

정말 힘들었던 건 매번 찾아오는 퇴근길. 집으로 가기 위해 지하철에서 내려 에스컬레이터를 타고서 지상으로 올라온다. 도시의 노동자, 우리네 모습은 컨베이어 벨트 위에서 도축되고 가공되는 동물의 모습과 흡사하다.

헬스장 전단지를 나누어 주는 아르바이트생보다 나를 먼저 반기는 건 치킨 냄새였다. 아마 에스컬레이터 위에 있던 모든 이들 또한 이 냄새를 맡았을 것이다. 딱히 저녁에 정해 놓은 메뉴가 없는 이들에게는 저녁 메뉴가 결정되는 시간이기도 하다.

에스컬레이터가 출구 근처에 도착하자 질서 있게 서 있던 사람들이 뿔뿔이 흩어진다. 그중 몇몇은 피리 부는 사나이의 선율에 홀린 쥐처럼, 치킨집으로 향했다. 하마터면 나도 그들을 따라갈 뻔했다. 초보 채식주의자에게 퇴근길 에스컬레이터는 험난한 시험대였다.

치킨사(史) 그리고 치킨철학

'자서전을 쓴다면 치킨을 빼고 쓸 수 있을까?' 의문이 들 정도로 삶을 되돌아보면 치킨은 삶의 많은 부분을 차지했다.

가계 재정이 넉넉지 않았지만 부모님은 먹는 데 돈 쓰는 것을 주저하지 않으셨다. 아들이 '무엇을 갖고 싶다'라고 말하는 데에는 알레르기 반응을 일으키셨지만 '무엇을 먹고 싶다'라는 표현에는 아낌없이 주는 나무가 되어 주셨다. 특히나 치킨 같은 경우에는 무조건 오케이였다. 가족 모두가 좋아했고 큰 부담이 되지 않는 금액이었으니까.

무주 군내에서 나름 도시의 모습을 갖춘 '무주읍'에 살았다. 어린 시절에는 면소재지가 아니라 읍소재지에 산다는 사실에 어깨가 으쓱했다. 여러 이유가 있겠지만 치킨집 개수가 어깨에 힘이 들어가는 데 한몫하지 않았을까. 우리 집에서 주로 시켜 먹는 치킨집이 있었다. 무주 읍내 치킨계 양대산맥, 페리카나와 멕시카나. 엄마는 노릇노릇하게 구워진 페리카나 프라이드치킨을, 나는 빨간 양념의 멕시카나를 좋아했다.

저마다 치킨 철학이 있다. 나는 맛있는 부위부터 먹었다. 다리, 날개, 퍽살 순이었다. 뼈 있는 치킨을 시키면 꼭 찾아 먹는 부위가 있었다. 다른 사람들이 잘 모르는 부위인데 약간 뼈가 말린 듯이 생긴 부위를 좋아했다. 그 부위 안에는 콩팥(?)이 들어 있었는데 그렇게 구수할 수가 없다. 치킨을 먹을 때 나만 아는 보물찾기 같은 재미였다.

시간이 흐르고 수많은 치킨집이 무주에 자리를 잡았다. 다사랑, BHC, 교촌, 네네, 호식이두마리, 또래오래, 닭살이야 등. 치킨집 개수가 늘어나는 속도 정도라면 무주는 대도시가 되고도 남았을 텐데. 아쉽게도 치킨집 개수만 늘어났다. 촌에 사람은 줄어드는데 이상하게도 죽는 닭은 늘어난다.

치킨을 위한 유학길?

나름 촉망받는 무주의 인재는 유학길을 떠난다. 치킨 유학도 시작된다. 대도시 전주에는 도시 크기에 걸맞게 다양한 치킨이 있었다. 기숙사의 친구들과 함께 일주일에 두세 번 치킨을 먹었다. 반반도 좋고 프라이드도 좋고 양념도 좋았다. 어쨌든 치킨이지 않은가. 한번은 기숙사 4층에 살 때였다. 저녁 10시가 되면 기숙사 출입문을 봉쇄했다. 공부깨나 하는 학생들이 모인 기숙사였다. 문제가 있다면 답이 있는 법. 우리는 수학 문제집 단원 맨 마지막에 있는 심화 문제를 풀 듯, 머리를 맞대고 치킨을 시켜 먹을 방법을 연구하기 시작했다. 생각보다 쉽게 해답이 나왔다. 바로 줄넘기. 줄넘기와 줄넘기를 엮어 치킨이 담긴 비닐봉지를 걸어서 우물에서 물을 길어 올리듯 치킨을 길어 올리는 것이다. 봉쇄된 출입문을 뚫고 치킨을 입성시켰다. 전투에 승리한 병사처럼 우리는 승리의 기쁨을 누렸다. 전리품을 나누듯 치킨을 해치웠다.

대학 때도 크게 다를 바가 없었다. 배달시켜 먹기도 하고 순찰하듯 거의 모든 치킨집을 돌아보았다. 취업에 성공하여 서울로 왔을 때도 치킨은 위로가 되어 주었다. 무미건조한 서울 일상에 단비 같은 존재였고 반지하 방 창문 사이로 실낱처럼 들어오는 빛 같았다.

그러던 나는 동물권을 이유로 채식을 하기로 한다. 치킨을 입에 대지 않는다고 선언했다. 무슨 병에 걸린 것도 아닌데 치킨 금식 선언이라니. 스스로도 놀랄 정도였는데 나를 오랫동안 알고 있던 가족과 친구들은 얼마나 놀랐겠는가.

"그러면 치킨도 안 먹어요?"

채식을 한다고 하면 많은 사람들이 묻는다. '그러면 치킨도 안 먹어요?' 그 뒤로 '물고기도 안 먹어요?' '우유는요?' 등 다양한 질문이 쏟아지지만 대부분 첫 질문은 '치킨'이다. 그만큼 사람들 삶에 중요한 존재라는 걸 의미한다. 덧붙여 결혼한 사실을 밝히면 뒤따라오는 질문은 "아내는요?"다.

내가 채식을 하는 동안에도 아내는 치킨을 시켜 먹었다. 이 이야기를 친구들에게 하면 친구들의 동공은 커지면서 믿을 수 없다는 반응이 나온다. 지인들은 절대 여기서 그치지 않는다. 뒷 이야기를 궁금해한다. 흥미로워 보이는 영화의

예고편만 보지 않는 것처럼 사람들은 질문을 쏟아낸다. 치킨 아내와 노치킨 남편의 저녁 식탁이 궁금한가 보다.

지금은 아내도 치킨을 '못' 먹지만 1년 전만 해도 한두 달에 한 번꼴로 치킨을 시켜 먹었다. (아내는 내가 채식을 하기 전에도 고기를 그리 좋아하진 않았다.) 아내는 냄새에 괴로워하는 내게 치킨의 튀김만 손수 골라 주었다. 아버지의 가르침에 따라 두 번 거절하고 세 번째 받아먹었다. 수영장에서 두 발을 대고 헤엄치는 꼴이랄까. 이제야 글을 통해 밝히는 사실이지만 채식을 시작하고 반년 정도는 치킨을 먹은 것도 아니고, 안 먹은 것도 아니었다. '튀김가루는 닭의 살은 아니야.' 스스로 그리고 아내를 그렇게 설득했다.

그러던 어느 날 튀김을 먹는데 튀김 안쪽에 허옇한 무언가가 보였다. 살점이었다. 아, 내가 지금까지 먹어 온 게 튀김만은 아니었구나. 이후로는 튀김도 먹지 않았다. 아내도 손수 튀김을 골라 주는 수고를 하지 않아도 됐다. 돌아보면 참 추접스럽기도 하지만 튀김만 먹던 그 시절이 아니었다면 치킨을 끊기도 어려웠을 것이다.

"네가 치킨을 정말 좋아했잖아… 치킨 시켜 먹을 수 없을 때에는 편의점에서 닭다리를 사 갈 정도였으니까."

친구 명훈의 말이다. 내가 치킨을 입에도 대지 않는 모습이 명훈에게 여간 신기한 게 아니었나 보다. 우리는 지난 만남에 돈가스를 먹었다면, 이번 만남에는 치킨을, 다음 만남에는 삼겹살을 먹을 정도로 육식 만찬을 즐겼다. 치킨을 좋아하지만 1인 1닭은 부담스러운 내게, 명훈을 만나는 시간은 치킨을 먹을 수 있는 소중한 시간이었다. (명훈, 치킨 때문에 당신을 만난 건 아니야.)

가끔, 치킨을 즐겨 먹던 나의 모습을 이야기해 주는 친구들을 만날 때마다 나의 옛 시절을 떠올리게 된다. 그러곤 나도 한때 학살의 가해자였다는 사실을 늘 인지하고 함부로 비방하거나 비난하지 않아야겠다고 다짐한다. 물론 몰라서 먹었던 지난날을 떠올리며 동물들이 겪는 현실을 지속적으로 알려야겠다는 다짐을 함께.

이제 나는 1인 1닭을 반대한다. 엄밀히 말하면 치킨을 만들기 위해 사육하고 운송하고 학살하는 시스템을 반대한다. 어르신들의 말씀처럼 오래 살고 볼 일이다. 자동차에 주유하듯 매주 치킨을 먹던 내가 치킨을 반대하다니. 건강한 치킨, 고통 없는 치킨, 자유로운 치킨, 동물 복지 치킨은 없다. 치킨이 되기 위해, 닭가슴살이 되기 위해 태어나고 죽을 뿐이다. 병든 닭이든 건강한 닭이든 결국 치킨이 된다.

결혼 후에 우리 부부는 이사했다. 사는 지역은 달라졌

지만 지하철을 타고 출퇴근하는 삶은 똑같다. 또한 여전히 Ctrl+C, Ctrl+V 한 것처럼 지하철역 출구 앞에는 치킨집이 있다. 하지만 달라진 게 있다. 나의 뇌와 입. 지하철역에서 나오자마자 시험이라고 여겼던 치킨 냄새가 이제는 그렇지 않다. 이제는 역한 냄새로 느껴진다. 닭의 살과 뼈가 타는 냄새다. 냄새가 코를 타고 들어와 신경을 타고 뇌에 도착하면 뇌에서는 자동적으로 영상이 재생된다. 쇠고리에 거꾸로 매달려 피를 쏟고 비명을 지르는 닭의 영상 말이다. 트라우마가 이런 걸까. 비명과 피로 물든 영상이 매번 재생된다. 진실을 보았고 진실은 내 몸에 남았다. 마냥 고통스럽고 괴롭지만은 않다. 진실은 우리를 자유케 하고 고통의 연대는 연결의 기쁨을 선사하니까.

이 이야기가 "그래도 치킨 먹고 싶을 때 있지 않아?"라는 질문에 충분한 답이 될까?

부록 : 장래희망은 비건 파이터

맞는 게 싫었던 내가 복싱장으로

맞는 게 싫었다. 하긴 누가 맞는 걸 좋아하겠는가. 나는 태권도, 유도, 농구, 축구 등 나름 액티브한 운동들을 꾸준히 해왔지만 복싱장에만 발을 딛지 않았다. 어려서부터 열 대를 때리더라도 한 대 맞는 걸 그토록 싫어했으니까. 맞는 건 그토록 싫어하면서도 UFC나 복싱 경기가 있으면 챙겨 보곤 했다. 내 안에 어딘가 자리 잡은 폭력성 때문일까.(사실 UFC나 복싱 경기가 단순히 폭력적이지만은 않다. 굉장히 많은 경우의 수가 있고 보는 내내, 직접 할 때에도 머리를 많이 굴려야 하는 스포츠다.)

사무직으로 일할 때 하루 평균 12시간가량 앉아 있다 보니 평소 소화가 잘 안 되고 장도 좋지 않았다. 운동을 해야겠다는 생각이 자연스레 들었다. 집 근처에는 태권도장, 헬스장, 복싱장, 요가원이 있었다. 태권도장 프로그램은 주로 학생들에게 맞춰져 있었고 어렸을 때 태권도를 지겹게 한 탓에 끌리지 않았다. 이상하게도 헬스장은 내 몸을 고문하는 공간처럼 느껴졌고 요가원은 활력 없는 공간으로 여겨졌다. 결국 선택지는 하나였다. 복싱장.

생각이 정리되자마자 무작정 집 근처 복싱장으로 향했다. 복싱장은 건물 2층에 있었는데 계단 벽면에는 복싱선수들의 사진과 함께 무시무시한(?) 복싱 명언들이 걸려 있었다.

'불가능, 그건 아무것도 아니다.'

'누구나 그럴싸한 계획을 갖고 있다. 링 위에서 맞기 전까지는.'

'피하고 때리려 하지 말고 때리고 피해라.'

'챔피언은 태어나는 게 아니라 만들어지는 것이다.'

챔피언이 되려고 복싱장에 간 건 아니었다. 그런데 곧 챔피언이 될 것만 같았다. 주먹을 피하고 상대방의 얼굴과 몸에 주먹을 꽂아 넣는 상상을 하며 계단을 올라갔다. 그때까지는 복싱장엔 줄넘기 소리와 샌드백 소리, 그리고 바람을 가르는 주먹 소리만 있는 줄 알았다.

복싱장에 들어섰을 때 가장 먼저 들리는 소리는 신나는 댄스 음악 소리였다. 일할 때 틀어 놓는 노동요 같은 음악. 사람들은 진지했다. 눈빛은 금방이라도 챔피언이 될 것만 같아 보였다. 모두들 거울 속 자신의 모습을 매섭게 노려보았고 그 눈빛에는 각자의 사연이 있어 보였다. 다이어트, 챔피언, 입시, 자신과의 싸움.

태권도를 오래 수련한 유단자들이 정권 지르기나 발차기를 하면 도복에서 마찰 소리가 난다. 정녕 고수들이 낼 수 있는 소리. 복싱장에도 비슷한 소리가 있었다. 입으로 내는 '슥슥' 소리였다. 처음에는 이 소리가 가짜들이 내는 소리라고 생각하며 속으로 비웃었다. '조만간 바람을 가르는 주먹 소리를 선보여 줘야겠군.' 부끄럽게도 이건 나의 착각이었다. 알고 보니 입으로 내는 '슥슥' 소리는 동작에 따라 숨을 내뱉고 내쉬는 호흡법이었다. 하마터면 허세 가득한 사람들이 훈련하는 복싱장이라고 오해할 뻔했다.

태권도 3단, 유도 1단의 유단자여도 복싱은 기초부터 배워야 한다. 남을 의식하지 말고 내 속도에 맞게 기초를 잘 다져 가며 배우자고 스스로 다짐했다. 주먹을 뻗는 법부터 기본 스텝까지 차근차근 배웠다. 하지만 자꾸 눈길이 향한 곳은 이리저리 움직이며 섀도복싱을 하는 실력자들과 사각 링 위에서 스파링을 하는 이들 쪽이었다. 고수들은 자유자재 스텝으로 화려한 발재간을 보여 주었다. 샌드백을 치는 소리는 흡사 악기 연주처럼 리드미컬했다.

한눈팔던 그때, 하나의 라운드가 끝나고 공이 울렸다. 정신이 번쩍. 다시 체력 운동에 집중했다. 체력 훈련은 나 자신과의 싸움이다. 체력 훈련 이후에는 거울을 보며 동작을 연습한다. 링에 오르지 않기 때문에 맞을 일도 없고 때릴 일도 없지만 때리고 피하는 연습을 반복한다. 때리는 동작 직후에는 회피하는 동작을, 회피하는 동작 이후에는 때리는 동작을. 언젠가 링에 오를 그날을 위해.

거울을 보며 섀도복싱을 마치면 코치님이나 관장님이 미트를 잡아 주신다. 이때 어떤 동작을 연습하든 항시 잊지 말아야 할 게 있다. 오른손을 뻗으면 왼손 가드, 왼손을 뻗으면 오른손 가드. 체력 운동을 게을리하면 여기서 티가 난다. 자꾸 땅바닥에서 무언가가 내 팔을 잡아끄는 것 같다. 잠시라도 가드를 아래로 내리면 그 틈을 타고 얼굴에 펀치가 날아온다. 세게 날아오는 것도 아닌데 미트로 얼굴을 한 대 맞으면 정신이 멍해지면서 까만 배경에 명언 하나가 스쳐 간다. 실전은 연습처럼, 연습은 실전처럼.

채식과 복싱의 평행이론

복싱은 마냥 때리는 운동도 아니고 마냥 피하기만 하는 운동이 아니다. 적당히 치고 빠지기도 하며 때론 온 힘을 쏟아 상대를 몰아붙이기도 한다. 무엇보다 최종 라운드 공이 울릴 때까지 두 발을 링 위에 디딜 수 있는 체력과 인내심이 필요하다. 사각 링은 '존버'라는 말이 참 잘 어울리는 공간이다.

채식을 하다 보면 사각 링에 올라 복싱을 하는 듯한 기분이 들 때가 있다. 사회생활을 하다 보면 사람들과 식사하는 자리가 필연적으로 만들어지게 되고 어쩌다 채식을 하게 됐는지 이야기를 나눌 수밖에 없다. 간혹 상대는 훅, 어퍼컷, 스트레이트 같은 공격적인 질문을 하기도 한다. 때로는 피하고 때로는 함부로 들어오지 말라며 경고성 잽을 던지기도 한다. 카운터로 강한 스트레이트나 훅을 날리기도 하지만 자주 있는 일은 아니다.

복싱 자세를 교정해 주고 동작을 지도해 주는 코치가 있다. 함께 스파링하는 복싱장 동료도 있다. 채식도 마찬가지다. 혼자보단 둘이, 둘보다는 여럿이 훨씬 낫다. 비거니즘 동아리, 동물권 활동 단체와 동물권 독서 모임에서 만난 이들은 동료이자 코치이다. 채식에 대한 정보도 나누고 세상에 떠도는 여러 질문들에 대한 반론도 서로 공유한다.

이처럼 복싱과 채식 사이에는 평행이론이 존재한다. 글을 쓰다 보니 이미 마음은 복싱장에 가 있다. 조만간 다시 복싱화를 신고 글러브를 끼고 있을 것만 같다. 작은 대회라도 나가서 상장을 받고 싶단 욕망이 솟아오른다. '63kg급 우승자 이현우, 알고 보니 채식인.' 이 얼마나 멋진 일인가.

채식과 복싱에 다른 점이 있기도 하다. 복싱은 링 위에 함께 선 상대가 적이다. 채식은? 그렇지 않다. 언제 끝날지 모르는 경기의 링 안에서 함께 공존해야 한다. 적당히 치고 빠지는 기술도 중요하지만 무엇보다 존버의 체력이 필요하다.

Part 2 완벽하지 않아도 괜찮아

육식주의자가
하루 한 번 버무림식을 하기까지

　나는 샐러드를 영양가 없는 풀때기로 취급하는 육식주의자였다. 샐러드는 돈가스와 곁들여 먹는 정도의 음식이었다. 때때로 맛이 아닌 음식 낭비 방지 차원상 먹을 때도 있었다. 샐러드는 내게 딱 그 정도였다. 친구와 고기 뷔페를 갈 때면 우리는 불판 앞에서 선전포고를 했다. '고기로 배를 채워야 하니까 샐러드는 생략하자.' 육식주의자를 넘어 육식열광주의자였다. 그런 내가 지금은 1일 1샐러드식을 하고 있다. 나는 샐러드를 버무림이라 부르고자 한다. (나는 본 글에서 샐러드와 버무림을 혼용해서 썼다.)

　2019년 9월부터 페스코 식단을 유지해 왔다. 6개월 정도는 버무림을 거의 먹지 않았다. 한식 위주의 페스코 식단을 꾸려 먹기 시작했다. 갈치조림, 고등어조림, 참치김치찌개, 된장찌개, 콩나물국, 두부조림, 마파두부밥, 채소볶음, 채소무침 등이 내가 주로 먹었던 식단이다. 내가 과일과 채소, 견과류 버무림 1일 1식을 시작하게 된 계기는 지금도 간간이 고기를 먹고 있는 아내 덕분이다.

페스코 채식을 시작한 지 6개월쯤 되었을 무렵, 주말이었다. 아내가 프랜차이즈 베이커리에서 샐러드를 먹자고 제안했다. 별생각 없이 따라나섰다. 달걀이 들어간 콥샐러드가 있고 새우가 들어간 새우샐러드가 있었다. 정확한 가격은 기억이 안 나는데 만 원 정도였다. 적양배추, 양상추, 올리브 등 갖가지 채소와 새우가 있었고 드레싱 소스를 뿌려서 먹을 수 있었다. 맛있었고 비쌌다. 채소와 새우만으로도 충분히 만족스러운 한 끼 식사가 가능하고 새우가 없더라도 샐러드로 한 끼가 가능하다는 걸 깨달았다. 그런데 비쌌다. 양이 적진 않았지만 그렇다고 만 원이나 할 금액은 아니라고 생각했다. 솔직히 그 돈을 지불하기엔 억울했다. 먹고 싶은 채소와 과일을 손질하고 입맛에 맞는 드레싱만 얹어서 먹는다면 집에서도 충분히 가능할 뿐만 아니라 식비도 아낄 수 있겠다고 판단됐다. 방법과 비용은 해결되었고 자신감이 생겼다.

가벼운 마음으로 시작했다. 처음에는 좋아하는 채소와 과일로만 버무림 식단을 구성했다. 바나나와 양상추, 그리고 치커리와 사과로 구성된 버무림이었다. 마트에서 사계절 구할 수 있는 토마토는 버무림 구성에 항상 포함시켰다. 혹여나 부족한 영양소는 하루의 다른 끼니에 채운다는 생각으로 영양에 대한 부담을 덜었다. 부담을 가지지 않으니 꾸준히 1일 1버무림식을 이어 갈 수 있었다. 하다 보니 욕심이 생겨 '예쁘게' 먹고 싶었다. 바나나의 누런색, 양상추의 연두색, 방울토마토의 빨간색. 뭔가 좀 부족해 보였다. 마트에 가서 채소 칸을 둘러보니 노란 파프리카가 눈에 들어왔다. 갖가지의 초록 잎채소들도 눈에 들어왔다. 그렇게 파프리카와 초록 잎채소를 넣어 먹었다. 하늘이 내려준 선물로 알려진 양배추도 곁들였다. 형형색색의 버무림이 완성되었다. 잘 꾸며서 플레이팅을 하고 나면 사진을 찍었다. 요리도 예술이라는 말을 실감했다. 마음을 담아 요리했다. 식사 전에는 고운 색깔의 버무림을 눈에 담고 신선한 채소들을 몸에 담았다. 행복한 식사 시간이었다.

1일 1버무림식을 오랫동안 이어 나가고 싶었다. 영양학적으로도 문제가 없는 버무림 식단을 만들어야 했다. 식단을 진단했다. 나의 버무림 식단에는 단백질과 지방이 부족했다. 채식을 하지 않는 이들도 쉽게 발견할 수 있는 문제였다. 단백질과 지방을 보충해야만 했다. 견과류로 지방을 보충했고 두부로 단백질을 보충했다. 하지만 매 끼니마다 두부로 요리하는 건 귀찮은 일이었기 때문에 간편하게 두유를 먹기 시작했다. 지방이 많다고 하여 아보카도도 가끔 챙겨 먹었다.

나의 버무림 식단은 나날이 발전해 왔다. 버무림으로 끼니를 해결하면 금세 배가 고팠다. 포만감이 적었던 탓이다. 냉장고 채소 칸을 둘러보았더니 포만감을 주는 채소들이 보였다. 단호박, 감자, 고구마. 단호박은 쪄서 아몬드와 함께 버무려 만들어 먹었다. 감자는 쪄서 설탕을 찍어 먹었고 고구마는 쪄서 먹거나 프라이팬에 튀겨 설탕을 묻혀 먹었다.

1일 1버무림식은 현재 진행형이다. 물론 하지 못할 때도 있다. 채식은 수양이 아니다. 내게 버무림 식단은 자연스러운 식사이면서 최선의 식사다. 즐겁고 유쾌하기까지 하다. 무엇보다 의미 있는 건 한 끼 식사가 누군가를 살릴 수 있다는 점이다. 죽이지 않고 착취하지 않고 먹을 수 있다는 점에 안도하게 된다. 채식을 하기까지, 이렇게 버무림 식단이 자리를 잡기까지 아주 오랜 시간이 걸렸다. 고기를 먹지 않아야 한다는 생각, 채식을 해야 한다는 신념을 갖는 건 그리 어려운 일이 아니었다. 즉 내 머리를 설득하는 일은 쉬웠다. 문제는 내 몸이었다. 몸은 오랜 시간 고기에 적응되어 있었다. 머리는 거부했지만 몸이 고기를 찾았다. 그 몸을 바꾸기까지 오랜 시간이 걸렸다. 단번에 채식을 시작하는 건 기적과도 같다. 일련의 과도기가 없는 채식은 고통스럽다. 하지만 오랜 시간 천천히 고민하고 자신만의 방법을 찾는다면 채식은 고통도 수양도 아니다. 나는 이 글을 쓰는 현재 시점에도 가끔 물'고기'를 먹는다. 머리로 이미 알고 있다. 물고기도 고기이며 먹어서는 안 된다는 걸. 페스코 채식을 시도했던 초기 과정처럼 몸과 마음을 설득하는 과정에 있다고 믿는다. 분명 언젠가는 지금보다 덜 폭력적인 식탁을 마주할 날이 올 것이다.

간혹 자유롭지 않아 보인다고 말하는 사람들이 있다. 과연 진정한 자유는 무엇인가 되묻고 싶다. 그대의 식탁은 과연 자유로운가. 무엇으로부터 자유로운가. 덧붙여, 채식을 함부로 비난하지 않았으면 한다. 가끔 사람들이 채식을 풀때기로 천대한다. 면전에 대놓고 "풀때기로 배가 차냐? 고기를 먹어야지."라는 말을 들어 본 적이 있다. 농담이라고 하기엔 예의

가 없는 것이다. 육식을 하는 사람 면전에 대놓고 사체를 뜯어먹는 야만인이라고 하면 농담이 되겠는가. 버무림은 누군가에게 풀때기로 천대받지만 누군가에게는 소중하고 의미 있는 한 끼다.

30만 폐사, 누구를 위로해야 할까

엎친 데 덮친 격, 코로나에 이은 여름 장마 침수 피해까지. 집이 무너지고 사람이 휩쓸려 간다. 실종, 사망 사건이 보도된다. 사람뿐만 아니라 가축들도 폐사된다. 폐사임에도 불구하고 죽음이 아닌 '피해'로 분류한다. 아래 두 개의 기사를 살펴보며 생명체를 대하는 우리 사회의 모습을 되돌아보고자한다.

첫 번째, YTN 보도자료의 일부다.

— 재산 피해도 늘고 있다. (중략) 침수나 토사 유출 등 주택 피해가 815건이고 축사·창고 522건, 비닐하우스 146건 등으로 집계됐다. (2020.08.04.)

두 번째, MBC 보도자료의 일부다.

— 이번 폭우로 가축 30만 마리가 폐사하는 등 농업 분

야에서도 막대한 피해가 발생한 것으로 집계됐습니다. (2020.08.05.)

　농업 분야의 피해. 우리 사회는 30만 마리의 폐사를 농업 피해로 분류한다. 돈 될 만한 자원을 잃은 피해로 본다. 30만 마리의 생명으로 봐 달라고 하는 건 무리한 부탁일까. 두 번째 기사와 같이 마리 단위, 즉 개체로 인식한 정보를 실은 기사를 찾아보기 쉽지 않다. 첫 번째 기사와 같이 대부분 '축사 피해 0건'으로 분류한다. 30만의 생명이 숨을 거두었는데도 말이다. 침수로 인해 폐사되었다고 하지만 엄밀히 말하면 인간에 의해 도살된 것이다.

　어쩌다 발생한 폭우에 의한 사고가 아니다. 가둬 놓고 사육하는 공장식 축산의 구조가 낳은 도살이다. 공장식 축산을 당장 멈춰야 한다. 지옥은 상상 속에만 존재하지 않는다. 실재한다. 공장식 축산은 인간이 만든 비인간동물을 가둔 지옥의 구조다. 고통과 죽음을 양산한다. 좋다, 백번 양보해서 '재산 피해'를 막기 위해서라도 법의 개정이 시급하다. 단번에 공장식 축산을 금지하자는 이야기가 아니다. 공장식 축산 전면 철폐를 지향하되 점진적으로 실행되어야 한다.

　채식주의자들은 하루 한 생명 살릴 수 있다는 희망을 가지고서 채식을 한다. 그런데 이런 기사들을 접할 때마다 분노한다. 회의감이 몰려온다. 좌절한다. 좌절의 채식이다. 매일한 생명 살리는 식사를 하면서 동시에 단번에 30만이 도살되는 장면을 목격한다. (물론 폭우가 아니어도 매일매일 비인간동물은 인간에게 먹히고 입혀지기 위해 도살되고 있다.) 상상 속 이야기가 아니다. 도살은 일상이다.

개인 차원에서 당장 실천할 수 있는 생명 살리기의 최선은 채식이다. '그래, 단 하나의 생명을 위해서라도…'라는 마음으로 하루에 한 끼, 그게 너무 어렵다면 3일에 한 끼만이라도 채식을 실천해 보자. 희망의 채식 한 끼가 세상을 변화시킬 것이다.

육식동물 고양이와 함께 사는 채식주의자

페스코는 가금류와 육류는 먹지 않지만 해산물은 먹는 채식의 한 종류다. 나는 페스코 베지테리언으로 채식을 시작했다. 페스코 채식을 유지한 지 6개월 됐을 무렵, 동네 삼거리에 아픈 고양이가 보였다. 그 고양이에 마음이 쓰이기 시작했고 돌보기 시작했다. 결국 캣대디가 되었다. 캣대디가 되고서 다시 동물성 식품을 소비하기 시작했다. 내 입으로 들어가지 않았던 닭고기를 동네 고양이들의 입에 넣어 줬다. 참치, 고등어, 연어 통조림도 늘 구비해 두었다. 난 다시 매일 동물을 죽이는 삶에 진입하게 되었다. 제동을 걸어야만 했다.

고양이 사료들은 왜 다 동물성일까? 식물성은 없을까? 이런 고민을 시작으로 공부하기 시작했다. 공부하면서 알게 되었다. 고양이는 육식동물이고 육식을 피할 수 없었다. 상황이 아이러니했다. 나는 더욱 적극적으로 육식을 피했지만 동시에 매일 참치 캔을 뜯어 고양이에게 바쳤다. 동물성 단백질이 절대적으로 필요한 육식동물 고양이에게 채식을 요구할 순 없었다.

길고양이를 입양하면서 관련 상품에 대한 관심도 높아졌다. 펫 박람회가 열린다는 소식을 듣고 가 보기로 했다. 박람회 소식이 반가웠던 이유는 반려동물 시장이 넓어졌음을 의미하기 때문이었다.

심지어 반려동물을 위한 보험 상품을 홍보하는 부스도 있었다. 영업사원이 "우리 아이 보험 가입하셨나요?"라고 말하며 팸플릿을 들고 우리에게 매섭게 다가왔다. 하지만 상담을 받지 않았다. 보통 펫보험은 만7세 이하 동물등록이 된 개나 고양이가 가입 대상인데 우리 헬씨는 길고양이인 데다가 10세 전후였기 때문이다. 지병이 있는 사람이나 노인인 경우 보험 가입이 힘든 것과 같은 이치다. 반려인과 반려동물이 늘어남에 따라 상품도 늘어났다. 그리고 이에 따라 반려인들의 선택 폭도 넓어졌다. 반려동물에 대한 사회적 인식 수준이 높아졌음을 의미한다. 반가운 일이다.

반면 박람회를 다녀온 후 찝찝한 마음도 커졌다. 반려문화에도 자본주의가 깊이 침투해 있다는 사실이 씁쓸하기도 했고 무엇보다 반려동물을 제외한 비인간동물에 대한 사회적 시선은 여전히 야박하다는 사실을 두 눈으로 목격했기 때문이다.

박람회장 안에는 반려동물과 관련한 각종 상품들이 진열되어 있었다. 사료, 간식, 방석, 탈취제, 영양제 같은 것들이었다. 박람회장 안 부스의 열에 아홉은 식품업체였다. 수많은 간식과 사료가 쌓여 있었다. 비닐과 상자로 포장되었지만 사실 그 내용물은 '또 다른 동물들'이었다. 반려동물을 위해 가축의 도살이 필요하다. 우리 강아지와 고양이를 위해 어디선가 닭, 소, 오리, 참치, 연어, 게, 돼지 들이 도살된다. 우리 동물은 먹고 그 외 동물은 먹힌다. 먹는 동물은 그나마 나은 세상을 살고 있지만 먹히는 동물은 여전히 고통의 세계에 살고 있다. 인간과 먼 동물은 파우치 안에 담기는 존재가 되고 인간과 가까운 동물은 파우치를 비우는 존재가 된다. 우리는 이것을 '종차별'이라 부른다. 사실 애초에 조금만 깊이 생각했더라면 박람회를 가지 않았어도 된다. '펫페어', 이름에서부터 잘못됐다. 펫(pet)은 애완동물을 뜻한다. 반려동물(companion animal)과는 의미가 다르다.

주호민이 말했다. "무단횡단을 하던 길에 쓰레기를 줍고 가는 아저씨를 보았다. 사람이 이렇게 복잡하다." 인간은 모순적이다. 전부터 느껴 왔던 바다. 하지만 채식을 시작하고

서 인간의 모순성을 발견하는 게 일상다반사가 되었다. 캣맘과 캣대디 들은 활동 후 치킨을 먹는다. 펫 박람회에서 마주한 반려동물 시장도 마찬가지다.

모순적인 삶의 모습이 타인에게만 존재할까? 아니다. 바로 내 안에도 존재한다. 비건을 지향하지만 고양이와 함께 살며 참치 캔을 매일 따야 하는 내 삶에도 존재한다. 어쩌면 나를 포함한 모순적인 60억의 인간들이 모여 사는 사회가 모순적인 건 필연적인 일이다. 그리 이상한 일이 아니다. 모순투성이 이 세상을 어떻게 살아가야 할까? 우리는 삶의 모순들을 해결하는 동시에 해결되지 않는 모순들은 그대로 껴안는 수밖에 없다. 타인의 모순을 지적하는 예민함으로 자기 모순을 해결하는 데 힘쓰고 자기 모순을 살며시 눈감는 너그러움으로 타인의 모순을 껴안으며 살아야겠다. 때론 날카롭게, 때론 무디게.

잘못된 채식은 건강을 망친다

채식 덕분에 뜻하지 않았지만 건강해졌다. 생각지 못한 보너스 효과다. 그런데 과연 내 몸은 건강해지기만 했을까?

채식 이후 언젠가부터 종종 급격한 피로감을 느끼곤 했다. 가벼운 산책, 쇼핑, 장보기와 같은 작은 자극에도 급격한 피로감을 종종 느꼈다. 후지산을 등반하고 2박 3일 지리산도 종주했던 체력은 어디로 간 걸까.

채식 때문에 체력이 저하된 걸까. 그렇지 않다. 채식 때문만은 아니다. 코로나와 나이도 영향을 끼쳤다. 코로나로 인해 유산소 운동을 주기적으로 하지 못했기 때문에 기초 체력이 저하되었다. 무엇보다 결정적으로 나이 앞자리가 바뀌었다. 세월 앞에 장사 없다. 체력은 나이에 반비례한다는 말을 몸소 깨닫는 중이다.

솔직히 말하면 채식 때문에 체력이 저하되고 급격한 피로감을 느낀다는 걸 인정하기 싫었다. "체력 저하와 피로감의 원인은 전부 체력과 나이 탓이다."라고 말하고 싶었다. '채식하더니 저 꼴 좀 봐.' 누군가 나를 비웃고 있는 것만 같았다. 채식 때문에 건강을 잃는다는 건 왠지 모르게 자존심 상하는 일이었다. 자존심을 지키고자 건강을 잃는다니, 말도 안 되는 이야기다. '그래, 채식이 대수인가?' 건강을 잃을 수 없었다. 결단해야만 했다. 다시 육식해야 하는 걸까? 아니다. 나에겐 채식이 대수다. 건강 챙기는 채식을 하면 된다.

자가진단

나의 채식 식단과 몸 상태를 진단해 보기로 했다. 먼저 정보가 필요했다. 인터넷 검색을 해 보니 다행히도 꽤 많은 기사들이 나왔다. 채식 문화가 전반적으로 확산되고 있다는 점을 시사했다. 기사에 의하면 채식하면 부족해지기 쉬운 영양소는 철분, B12, 단백질, 칼슘이다. 지방을 언급한 기사도 있었다.

각 영양소별로 분류하여 식단을 진단해 봤다.

첫째, 단백질과 칼슘 양. 그동안 단백질과 칼슘은 부족하지 않게 섭취했었다. 채식 초기부터 단백질과 칼슘 섭취량은 신경을 많이 썼다. 두유와 두부를 꾸준히 먹었고 주식인 밥은 현미 잡곡밥을 먹었다. 그 결과 체중 감량 대비 감소된 근육량 비율이 크진 않았다. 다행이었다.

둘째, 지방량. 이미 아몬드, 땅콩, 호두 등 견과류를 꾸준히 섭취하면서 지방 섭취량은 염려하지 않았다. 앞의 글에서 밝혔듯 주민센터에서 체성분을 검사했다. 체지방량이 너무 적게 나왔고 영양상담사는 지방 섭취량을 늘려야 한다고 조언했다. 섭취하는 견과류 양을 늘리기로 했다.

셋째, 철분과 비타민 B12. 철분과 비타민 B12가 부족하면 빈혈 증상이 나타나고 피로감을 자주 호소한다. 이를 신경 써서 식단을 구성한 건 아니었다. 하지만 다행히도 평소에 섭취했던 식품 중에 철분과 비타민 B12가 포함된 식품들이 많았다. 배추, 시금치와 같은 녹색 채소와 감자에는 철분이 함유되어 있고 두유, 시리얼, 카레가루, 김에는 비타민 B12가 함유되어 있다. 마음이 한결 놓였다. 하지만 채식 이후 급격히 피로감을 느꼈던 적이 있었는데, 그 이유가 철분과 비타민 B12의 섭취량 부족이라고 판단했다. 앞으로는 조금 더 신경 써서 식단을 구성해야겠다고 마음먹었다.

잘못된 채식은 건강을 해친다. 채식이 만병통치식은 아니다. 채식을 하면 단백질과 지방, 그리고 철분과 B12를 놓치지 않고 챙겨 먹어야 한다. 이외에도 식단을 체크해 보며 섭취해야 할 필수 영양소들을 꼼꼼히 챙겨야 한다.

그런데 육식도 마찬가지다. 육식과 영양의 관계는 필요충분조건은 아니다. 육식을 하더라도 영양소는 챙겨야 한다. 부족한 채식이 건강을 해치듯, 과도한 육식도 건강을 해친다. 육식은 완벽한 식단이 아니고 채식은 불완전한 식단이 아니다. 영양을 잘 갖춘 채식은 건강을 해치지 않는다.

나는 불가피하게 고기를 먹어야 하는 사람들이 있음을 인정한다. 하지만 채식이 불완전한 식단이어서 모든 이들이 육식을 해야만 한다는 주장에는 반대한다. 그 주장은 틀렸다. 건강과 영양 때문에 채식은 틀렸다는 이들에게 묻고 싶다. 당신은 정말 건강한가? 그리고 우리 모두는 건강한가?

1년 전에 채식을 시작하면서 수박 겉 핥기로라도 영양학 공부를 해야겠다고 다짐했었다. 하지만 제대로 공부하지 못했다. 간간이 인터넷 검색 정도로 정보를 탐색하는 정도였다. 올해는 책 한 권이라도 붙들고 영양에 대한 공부를 꼭 해야겠다. 채식 2년 차에는 '가려 먹는 채식주의자'에 그치지 않고 '꼼꼼히 챙겨 먹는 채식주의자'로 거듭나야겠다.

장모님에게 비건 쿠키를 선물하다

밸런타인데이 며칠 전이었다. 우연히 한살림에서 발견했다. 쿠키를 만드는 법을 알지도 못했던 나는 '쿠키 믹스'라는 네 글자에 홀린 듯 한 봉을 구매했다. 비건 쿠키였다.

집에 돌아와서 제조법을 살펴보니 그리 어렵지 않았다. 바로 행동을 개시했다. 쿠키 믹스와 현미유를 4:1로 섞어 준다. 현미유가 없어서 집에 있는 콩기름으로 대체했다. 식용유로 대체해도 무방하다. 추가로 아몬드와 호두를 잘게 잘라 섞어 주었다. 쿠키 믹스는 설탕이 섞인 채로 만들어진 상품이어서 굳이 설탕이나 올리고당을 추가하지 않아도 되지만 나는 기분이 한껏 좋아질 만한 달달한 쿠키를 만들고 싶어서 올리고당을 넣어 줬다. 취향에 따라 당도 조절을 하면 된다.

모든 재료가 볼에 담기면 거품기로 휘젓는다. 쿠키 믹스가 현미유와 섞이면서 뭉치면 손으로 떼어 줬다. 그리고 어느 정도 재료들이 섞이면 이제 어렸을 적 만들기 실력을 뽐내면 된다. 어려울 것 없다. 어렸을 적 찰흙 만들기 시간을 떠올린다. 요리조리 조물딱 조물딱 적당한 크기와 원하는 모양으로 만든다. 나만의 비건 쿠키는 이렇게 만들어진다.

곧 밸런타인데이가 찾아왔다. 마침 처가에 들를 일이 생겨 쿠키를 선물하기로 했다. 선물용 쿠키이기 때문에 정성을 다하여 모양을 내고 이름도 새겨 만들기로 계획했다. '장모님'이라 새기기보다 장모님의 이름을 새겨 넣고 싶다. 누군가의 엄마 혹은 누군가의 장모님 혹은 누군가의 아내가 아니라 이름을 가진 당신의 존재를 존중한다는 마음을 담고 싶었나 보다. 쓰고 보니 조그마한 쿠키에 너무 큰 의미를 담는 것 아닌가 싶기도 하지만 거짓말은 아니다.

시간도 오래 걸렸고 공들여 비건 쿠키를 만들었건만 안타깝게도 엉성한 비건 쿠키가 탄생했다. 쿠키가 쩍쩍 갈라진 틈으로 이름이 흐릿하게 보였다. 그나마 다행인 건 쿠키가 바스러지지 않았던 것이다. 아슬아슬하게 쿠키의 모습을 유지하려 애쓰는 것 같았다. 덕분에 세상에 하나뿐인 쿠키가 탄생했다.

마음을 담아 전하는 게 선물이라지만 왠지 모르게 부끄러웠다. 인영이는 장모님 댁에 도착하자마자 들뜬 목소리로 말했다.

"엄마 이거 쿠키인데 현우가 엄마 준다고 구운 거야."

"어머, 이게 뭐야. 이런 것도 구울 줄 알아?"

"이름도 새겨져 있어."

쿠키를 받으신 장모님은 좋아하셨다. 제빵 일을 하고 있는 영수(인영의 동생)는 담백한 맛이라고 표현했다. 뿌듯했다.

장모님께 늘 감사한 마음을 가지고 있었는데 비건 쿠키 선물을 통해 조금은 보답한 것 같아 뿌듯했다. 감사한 이유는 여럿 있지만 요약하면 두 가지다.

첫째, 인영이를 낳아 주시고 양육해 주셔서 감사했다. 너무나 뻔한 첫 번째 이유다. 하지만 적어도 내게는 전혀 뻔하지 않은 이유다. 평소 인영이에게 성장 스토리를 들으며 인영이도 고생했겠지만 누구보다 고생한 사람은 인영이의 어머니라는 걸 알고 있었기 때문이다. 인영이의 성장 스토리는 사실 인영이 어머니의 스토리이기도 했다. 선물은 인영이를 키워 주신 어머니께 감사한 마음에 대한 표현이기도 했지만 장모님을 응원한다는 표현이기도 했다.

둘째, 장모님은 우리 집 냉장고에 김치가 떨어지지 않을까 늘 염려하면서 김치를 보내 주신다. 딸과 사위가 밥을 굶지는 않을지 늘 걱정하신다. 결혼 전부터 비건 지향 식사를 한

게 아니어서 장모님 댁에 방문할 때마다 장모님은 돼지고기나 소고기, 닭고기 반찬을 해 주셨다. 식사가 끝나면 과자나 과일을 항상 가져다주셨다. 그것을 다 먹으면 다른 간식을 꺼내 주셨다. 그렇게 먹기만 하다 보면 어느새 잠들어야 하는 시간이다. 즉 처가에 도착하면 거실에 앉아서 잠들기 직전까지 계속 먹어야 했다. 처가에 방문할 때마다 나는 장모님의 멈추지 않는 음식 공세에 매번 '좀 이따 먹겠습니다'라는 패배 의사를 밝혔다. 아마도 장모와 사위의 관계가 어색하기에 장모님 입장에서 사위를 생각하는 마음을 음식 공세로 표현하셨던 것 같다.

그러던 어느 날 나는 페스코 베지테리언이 되기로 마음먹었다. 도저히 직접 말씀드릴 용기는 없었다. 아내는 내가 비건 지향 식사를 한다는 걸 장모님께 말씀드렸다. 가슴이 조마조마했다. 다행히도 장모님은 "고기를 먹지 않아 건강에 문제가 생길까 염려된다"라고 하셨지만 내 입장을 존중해 주셨다. 장모님의 속마음까진 알 수 없지만 그 이후로 장모님은 채소 위주로 반찬을 준비해 주셨고 고등어나 갈치와 같은 생선을 메뉴로 내주셨다.

지금은 비건 지향의 식단을 유지하고 있다. 물살이(물고기, 생선의 대체어)도 먹지 않고 있는데 아직 장모님께 말씀

드리진 못했다. 장모님의 애정 표현을 너무도 빨리 막아서는
건 아닌가 하는 마음 때문이다.

사실 장모님이 챙겨 주시는 마음에 비건 지향인으로서 어
떻게 보답해야 할지 고민될 때가 많다. 명절 때마다 불티나
게 팔리는 한우 세트나 스팸 세트, 참치 세트 등은 대부분 동
물을 죽여서 만든 상품들이다. 선물은 받는 사람의 입장을
고려해서 준비한다지만 도저히 동물성 식품이나 상품을 선
물하고 싶진 않다.

이런 고민 끝에 나온 게 비건 쿠키다. 사실 비건 음식을 선
물한 게 처음은 아니다. 첫 시작은 청경채 겉절이였다. 명절
때는 아내가 채식 만두를 넣은 비건 떡국을 만들어 대접했
다. 현우, 인영, 예숙. 이 셋은 각자의 노력을 통해 어색함 속에
서도 나름의 친분을 쌓아 가고 있다. 장모님 생각은 어떠실
지 모르겠지만.

완벽할 필요 없다,
모순적인 채식주의자가 되자

기후위기다. 세상은 지구의 멸망과 생명체의 멸종을 이야
기한다. 이제 우리는 모두 비건이 되어야만 하는 걸까?

비건, 말이 쉽지 실천은 어렵다. 도전해 본 사람은 알 것이
다. 마음은 원이로되 육신은 약하다. 대다수가 실패하는 이
유는 머리가 아니라 몸에 있다. 이외에도 저마다 비건 되기
가 어려운 이유들이 있다. 육식을 해야만 하는, 할 수밖에 없
는 환경에 처해져 있는 사람들이 있다. 비건 불모지 대한민
국 국민이라는 것도 한몫한다. 직장 생활을 하게 되면 대부
분 식당에서 점심을 해결한다. 건축 현장에서 일할 때였다.
점심시간에 채식 식당을 찾다가 굶을 뻔했던 위기의 날이었
다. 어플을 통해 두 군데의 채식 식당을 찾았다. 한 곳은 폐업,

한 곳은 휴무일이었다. 한 시간을 걷고서 현장 앞에 있는 일 반 식당에서 10분 만에 바지락칼국수를 해치웠던 기억이 떠오른다. 그때 알았다. 비건이 되려면 열정과 부지런함을 넘어 굶을 수 있는 헝그리 정신을 가져야 되겠구나.

채식이 트렌드라고 하지만 비건 식당은 차치하더라도 여전히 채식 식당을 찾아보기는 쉽지 않다. 잘 몰랐을 땐 된장찌개, 콩나물국밥, 온갖 과자가 비건인 줄 알았다. 나름 뿌듯했다. 하지만 된장찌개와 콩나물국밥에 뒤통수를 맞을 줄 몰랐다. 된장찌개에도 콩나물국밥에도 동물성 식품첨가물이 들어간다. 어떻게 채식을 하란 말인가. 매번 도시락을 싸서 다니기라도 해야 한단 말인가.

기후위기와 동물권에 관한 각종 기사와 영상들을 보면 마음이 아프고 눈물이 쏟아진다. 금방이라도 비건이 될 수 있을 것만 같다. 하지만 막상 비건이 되려고 하면 핑계는 늘어난다. 경험상 철저한 채식주의자, 비건은 정말 힘들다. 높은 수준의 엄격함과 부지런함을 요구한다. 때론 차라리 먹지 않겠다는 헝그리 정신도 필요하다. 그래서 나는 세상의 모든 비건을 존경한다. 못 하는 게 너무 많다. 못 먹는 게 너무 많고 확인할 게 너무 많다. 못 입는 옷도 많다. 장바구니에 담아 두었던 지갑과 가방도 마음에서 떠나보내야 한다. 못 만나게 되는 사람도 생긴다. 채식주의자와 육식주의자가 만나면 불편할 때가 있기 때문이다. 다른 만남들에 비해 식사 메뉴를 고르는 데 오랜 시간이 걸린다. 채식주의자가 호들갑 떠는 유별난 사람이 되는 건 한순간이다. 이런 불편에도 채식을 해야만 하는 이유가 있는가? 있다면 반드시 비건이 되어야만 하는 걸까? 아니다.

만 명의 채식주의자가 있다면, 만 가지의 채식주의가 있다. 모순적이라고 비난받을지 모르겠지만 게을러도 되는 채식주의를 소개할까 한다. 비덩주의가 있다. 덩어리 고기를 먹지 않는 것이다. 동물성 식품첨가물까지는 허용하는 것이다. 식당에 가면 고깃덩어리가 안 들어간 된장찌개는 있지 않은가. 직장인들에게 추천한다. 이것도 어려운가? 페스코 베지테리언이라는 채식주의도 있다. 해산물은 먹는다. 가금류와 육고기만 먹지 않는다. 직장 생활을 하는 이들은 참치김치찌개를 먹어도 되고 해물순두부찌개를 먹어도 된다. 권하고 싶진 않지만 초밥을 먹어도 된다.

그렇다. 육식을 줄이자는 생각과 실천이 중요하다. 비덩주의자만 되어도, 페스코 베지테리언만 되어도 평소보다 훨씬 많은 양의 고기 소비를 줄일 수 있다. 육식을 끊기 어렵다고 채식의 흠을 애써 찾을 수고는 하지 말라. 채식주의자를 비판할 필요까지 있는가. 채식으로는 영양분을 섭취할 수 없다고? 정말 그러한가. 핑계다. 우리 솔직해지자. 고기를 포기하는 게 힘들고 싫은 게 아닌가. 자기 객관화가 되면 우리는 더 이상 우리를 속이지 않는 삶을 살 수 있다. 어차피 우리 삶은 충분히 모순적이고 우리 사회도 그렇다. 모순은 떠안아야 한다. 완벽한 육식주의자가 될 바에 차라리 모순적인 채식주의자가 되자. 우리는 모순을 떠안겠지만 덜 폭력적이고 지구에 덜 해로운 식사를 할 수 있다.

물론 정당성이라는 게 중요하다. 채식이 영양학적으로 결함이 있다 하더라도 의미 있는 운동이라는 사실에는 변함이 없다. 그런데 말이다, 영양학적으로도 문제가 되지 않는다. (영양학적인 면을 설명해 주는 콘텐츠는 많다. 그중에서도 다큐멘터리 〈더 게임 체인저스〉를 추천한다.) 굳이 영양학적으로도 문제가 없는 채식을 폄하할 필요까진 없다. 비건이 어렵다면 비덩주의자가 되면 된다. 시간이 흐르면서 적응될 것이고 매 끼니마다 육식을 줄여 간다면 동물의 고통도 줄어들 것이다. 비덩에 적응되어 조금 더 욕심을 내고 싶다면 페스코 베지테리언을 하면 된다. 거기서 한 발 더 나가면 락토 오보 채식을 하면 된다. 그러다 운이 좋으면 비건이 되는 것이다.

지구 온난화에 따른 갖가지 기후 현상에 시달리며 우리는 '기후위기'라는 네 글자로 성찰의 시간을 보내고 있다. 그런데 아이러니하게도 기후위기는 채식을 유지하는 이들에게 더 힘든 상황으로 다가온다. 장마 때문에 채솟값이 폭등했다. 앞자리가 바뀌었다. 가격이라도 싸야 많은 사람들이 채식을 할 텐데. 고깃값이 더 싸다. 채식 위기다. 그럼에도 용기를 내어 주길 바란다. 지구를 지키는 플렉스를 해 보자.

똑같은 사람 하나 없듯 채식주의자도 마찬가지다. 다양하다. 비덩주의자, 페스코 베지테리언, 락토 오보, 락토, 오보, 프루테리언*, 비건. 더 많은 채식주의자가 나오길 기대한다. 주중 채식주의자, 홈 채식주의자, 워크 채식주의자, 주말 채식주의자, 수요 채식주의자, 저녁 채식주의자, 점심 채식주의자, 노 치킨 채식주의자, 노 삼겹살 채식주의자, 노 피쉬 채식주의자. 당신은 어떤 채식주의자가 되고 싶으신가요?

"I LOVE 버무림, I AM 버무림 채식주의자."

---

* fruitarianism. 과(果)식주의. 땅에 떨어진 열매만 먹는 채식 유형.

부록 : 절대 '야옹'하지 않는 고양이

우리 집 헬씨는 절대 야옹야옹하지 않는다. 야옹 소리는 고양이가 인간에게 말할 때의 소리다. 고양이는 배가 고프거나 놀아 달라거나, 즉 무언가 욕구를 표현할 때 야옹하는 것으로 알려져 있다.

헬씨는 허피스(헤르페스)로 인한 구내염을 앓고 있고 위아래로 하나씩 두 개의 송곳니가 빠진 노령묘다. 그야말로 아픈 할머니다. 병원에서 10세 전후라고 했을 때 얼마나 놀랐는지 모른다. 모두가 조그마한 모습에 아기 고양이인 줄로만 알았는데 아니었다. 고생 끝이라며 집으로 데려왔는데 이미 길에서 십 년을 살았다고 하니 기특하기도 하고 그간의 고단함이 상상되어 눈물이 핑 돌았었다. 이제 할머니 헬씨가 우리 집에 온 지도 4개월이 되었다. 4개월이 되었지만 헬씨는 단 한 번도 야옹하지 않았다. 그러나 다른 소리를 내지 않는 건 아니었다.

헬씨는 우리 집에 온 그날부터 이상한 소리를 내기 시작했다. 잠들기 전 침대에 누웠을 때, 즉 집 안 모든 빛과 소음이 사라지면 그때부터 헬씨가 소리를 내기 시작했다. 야옹 소리는 아니었다. '아항 앙 아항' 이런 소리였는데 아기가 엄마를 찾는 울음소리 같기도 했고 아플 때 내는 신음 소리 같기도 했다. 어느 날은 현관문 앞에서 울었고 어느 날은 거실에서 창밖을 바라보며 울었다. 옆집에서 민원이 들어올까 걱정했는데 다행히 소리가 생각보다 크지 않았나 보다. 지금 생각해 보면 나이도 많고 구내염 질환을 앓고 있어서 소리가 작았기에 그런 것 같다.

우리는 밤마다 들리는 헬씨 소리의 비밀을 풀어야만 했다. 울음소리가 지속된다면 민원이 들어올지도 모르고 무엇보다 중요한 건 헬씨가 우리에게 메시지를 전달하는데 우리가 알아듣지 못하는 것 같아 답답했다. 먼저 고양이 관련 책을 사서 읽기 시작했다. 하지만 책은 비밀을 풀어 주지 못했다. 우리는 결국 만물박사가 모였다는 유튜브의 도움을 받기로 했다. 유튜브에 가서 '밤마다 우는 고양이'를 검색했고 박사님들에게 상담을 받기 시작했다.

고양이가 우는 데에는 다양한 원인이 있는데 크게 요약하면 세 가지였다. 첫째, 발정 소리. 둘째, 아파서 내는 소리. 셋째, 입양한 지 얼마 안 된 고양이가 공간에 적응하지 못해 내는 소리.

헬씨는 세 가지 모두 해당될 수 있었다. 첫째, 중성화 수술을 하지 않았기 때문에 발정 소리일 수 있었다. 둘째, 구내염으로 인한 고통 때문에 내는 소리일 수 있었다. 셋째, 십 년을 밖에서 살다가 실내에 처음 왔기 때문에 적응하지 못해서 내는 소리일 수 있었다. 첫 번째와 두 번째 이유라고 하더라도 당장 해결할 방법은 없었다. 헬씨는 2.4kg밖에 되지 않아 수술할 수 있는 상황이 아니었다. 중성화 수술도 할 수 없었고 구내염 발치 수술도 할 수 없었기 때문에 우리는 세 번째 이유이길 바랐고 헬씨가 적응할 때까지 기다리는 수밖에 없었다.

우리는 최대한 조심히, 애타는 마음으로 헬씨를 데려왔다. 반면 아무리 좋은 마음으로 헬씨를 데려왔다 하더라도 헬씨 입장에서는 두 발로 걷는 거대한 동물에게 납치당한 것과 다름 없었을 것이다. 그렇게 전혀 새로운 장소에 왔으므로 적응하는 데 시간이 걸리는 게 당연했다. 그럼에도 밤마다 우는 이유가 적응하지 못해서 우는 소리라고 확신할 수 없었다. '발정 때문일까? 구내염 때문일까?' 고민하며 다른 이유를 완전히 배제할 순 없었다. 우리가 고알못(고양이 알지 못하는 사람)이라 헬씨가 우리에게 무언가 말하고 있다고도 생각했다. 그때마다 우리는 침대에서 나와 히죽히죽 웃으며 헬씨에게 말을 걸었다.

"배가 고파? 놀아 줘? 어디 아파?"

헬씨는 어떤 날은 후다닥 박스나 숨숨집(고양이가 숨어서 노는 집 모양의 공간)으로 숨었고 또 어떤 날은 무서웠는지 울음소리를 그치고 우릴 빤히 쳐다봤다. 우리는 한 달 동안 헬씨의 언어를 이해하지 못했다. 다행히 서투르고 부족한 집사와 함께하면서도 헬씨는 잘 적응했고 더 이상 새벽에 울지 않았다. 결론적으로 밤마다 들리는 그 소리는 헬씨가 공간이 낯설어 내는 소리였다. 우리와 소통을 하기 위한 언어는 아니었다. 그렇다. 우리는 아무것도 모르는, 바보 같은 초보 집사였다.

헬씨는 집에 적응하고서 자기만의 루틴을 만들었다. 가장 중요한 루틴은 하루에 서너 번 정도 아주 깊은 잠을 자는 것이다. 주로 아침에 한 번, 낮에 한 번, 밤에 한 번, 새벽에 한 번 아주 깊게 잔다. 잠만 자는 거 아니냐고? 맞다. 하루에 정말 20시간 정도 자는 것 같다. 중간중간 밥을 먹고 창밖을 보는 때가 깨어 있는 유일한 시간인데 창밖을 보다가도 졸 때가 있다. 길에서 십 년 동안 못 잔 잠을 다 자는 것 같아, 무장해제한 채 잠자는 헬씨를 보면 흐뭇해진다.

우리는 안방 원목의자 밑에 아르르 침대를 마련해 두었다. 고양이들이 숨는 장소를 좋아한대서 담요로 의자와 아르르 침대를 가리고 요새를 만들어 주었다. 요즘 밤에는 양껏 식사한 후 화장실에 들러 소변을 보고, 물을 마신 뒤 의자 밑 요새 속으로 사라진다. 밤에 이 장소로 가는 이유가 있다. 11월이 되어 안방에 보일러를 틀기도 하고 아르르 위에 극세사 보온 담요를 깔아 두어서 따뜻하기 때문이다. 똑똑한 녀석이다.

우리도 잠을 잘 시간이다. 침대에 누워 눈을 감는다. 집 안의 모든 조명이 꺼지고 고요한 정적이 흐른다. 어디선가 코고는 소리와 거친 숨소리가 침대를 타고서 내 귀로 흘러 들어온다. 옆 사람은 아니다. 범인은 헬씨다. 잠에 들기 전 어이 없는 웃음과 함께 알 수 없는 따뜻함이 몰려오면서 마음이 몽글몽글해진다. 어쩜 소리가 사람 코 고는 소리 같은지, 정감 가는 소리다. 듣고 있다 보면 괜스레 혼자 웃게 된다. 만약 내가 천국에 가게 되어 자장가를 선택할 수 있다면, 나는 주저하지 않고 헬씨와 아내의 코 고는 소리를 선택할 것이다 (아직 아내가 코 고는 소리는 들어 보지 못했다).

한편 길 위에서 십 년 동안 제대로 눕지도 못하고 매일 얕은 잠으로 하루를 보냈을 녀석을 상상하면 마음이 아려 온다. 동시에 길고양이 친구들, 코삼이와 삼식이 그리고 예미를 떠올리게 된다. 얼마나 많은 길고양이들이 추운 겨울을 보낼까, 몸을 웅크리고 밤을 지새울까 생각하면 마음이 아프다.

우리가 소통하는 방법

헬씨는 우리에게 소리 내어 말하지 않지만 표현한다. 배가 고프면 창문 턱에 앉아 몸을 창문 쪽이 아니라 거실 쪽으로 향해 우릴 쳐다보거나 식기 앞에 앉아 기다린다. 자기가 무섭거나 두렵다고 느낄 땐 눈을 피하고 눈을 깜빡거린다. 우리의 행동을 예의 주시하면서 경계할 땐 귀를 쫑긋 세우고 곁눈질한다. 우리가 알아들을 수 있는 헬씨의 표현은 그 정도다. 그 표현을 이제는 알아듣고 우리는 알아서 몸을 사리고 밥을 대령한다.

간혹 다른 집사들로부터 "우리 집 고양이는 수다쟁이야, 놀아 달라고, 간식 달라고 야옹거려."라는 말을 들으면 내심 부러울 때도 있다. 하지만 이건 어디까지나 내 욕심일 뿐이다. 헬씨를 데려올 때부터 몇 번이고 다짐했었다.

'잘 먹고 잘 싸고 잘 자기만 하면 더 바라는 게 없다. 겨울엔 따뜻하게, 여름엔 시원하게.'

일단 잘 먹고 잘 싸고 잘 자기 때문에 만족한다. 헬씨는 어떨지 모르겠다. 저녁마다 코 골고 자는 거 보면 나름 만족스러워하는 것 같긴 한데 말이다. 아직까지 우리에게 적응하지 못했지만 집에는 완벽히 적응했다.

헬씨에게 궁금한 게 많아서 종종 말이 통했으면 좋겠다고 상상하면서도, 어차피 수많은 질문과 말은 언어적 표현에 불과하다고 생각한다. 말이 통하지 않아도 사랑할 수 있기에 현재 우리의 소통 방법이 부족하다고 생각하지 않는다.

말이 안 통하면 어떠냐, 사랑하면 됐지.

Part 3 슬기로운 채식 생활

채식주의자, 마트에 가다

집 근처에 대형 마트와 생협이 있다. 장을 보기 위해 주로 대형 마트에 들르고 때론 생협에 들르기도 한다. 이왕이면 생협에서 장을 보고 싶지만 마트에 방문하는 이유가 있다. 다양한 고품질 상품이 한데 모여 있기 때문에 간편하게 장을 볼 수 있고 가격도 저렴하다.

대형 마트는 다양한 식품을 보유하고 있다. 반면 채식주의자가 구입할 수 있는 식품이 단 하나도 비치되지 않은 코너가 있기도 하다. 대형 마트에서 코너별로 장 보는 방법을 소개한다.

1. 신선식품

평소 가장 많은 시간을 할애하는 코너는 채소와 과일 코너다. 장을 보기 전에 미리 구매할 채소와 과일 목록을 작성하여 장을 본다. 채식주의자이니 채소와 과일 코너에서 지출하는 금액이 가장 크다. 가끔 제철과일이나 채소가 아름다운 빛깔들로 유혹하면 충동구매를 하기도 한다. 주머니 털리는 날이다. 채소와 과일 코너에서 장보기 팁은 사실 따로 없다. 먹고 싶은 채소와 과일을 맘껏 담되 신선도를 고려하여 버리지 않을 만큼의 양을 담는다. 이게 끝이다. 채식을 하기 시작하면 채소와 과일 신선도 때문에 어쩔 수 없이 장을 자주 보게 된다.

2. 두부, 견과류 및 냉동식품

단백질 공급원 두부는 장을 볼 때마다 구매한다. 지방 공급원 견과류는 대량으로 구매하고 부족할 때마다 구매한다. 채식 인구가 늘어나면서 식품회사에서 다양한 채식 상품들을 선보이고 있다. 냉동식품을 둘러보면 비건 인증을 받은 냉동식품이 간혹 보인다. 최근 이마트 일부 지점에서 채식 코너를 따로 마련했다고 들었다. 반가운 일이다. 채식 이전에는 만두를 거의 먹지 않았다. 집 근처 마트에 비건 냉동식품은 사조 비건 만두가 유일하다. 냉동실에 쟁여 두고 정키한 음식이 먹고 싶을 때마다 군만두나 찐만두를 해 먹는다. 요리가 매우 간단하다. 찌거나 구워서 요리가 완성되면 알싸

한 청양고추 간장소스에 찍어서 한입에 쏙 넣는다. 간편하고 맛있는 한 끼다.

3. 가공식품(라면, 파스타, 과자류)

과자는 한동안 논비건으로 먹다가 최근 비건 과자들을 먹고 있다. 간혹 우유가 함유된 과자를 먹기도 하는데 웬만하면 비건 과자를 구입한다. 이마트 '인절미 스낵', 씨유 '인절미 스낵', 농심 '포테토칩'이 있다. 라면은 풀무원에서 출시된 '정면'뿐이다. 오뚜기 '채황'도 비건이라는데 마트에는 없어 정면을 대량으로 구입해서 먹고 있다. 파스타 소스는 논비건 소스로 먹다가 최근 비건 소스를 발견하여 비건 소스로 해먹을 예정이다. 비건 인증은 없지만 성분표를 보고서 확인하면 된다. 솔직히 귀찮다. 어서 집 근처 마트에도 채식 코너가 꾸려졌으면 좋겠다.

4. 우유 대체식품 : 두유와 아몬드 브리즈

'아몬드 브리즈'는 다이어트 식품으로 이름을 알렸다. 두유보다는 깔끔하고 가벼운 맛이 느껴진다. 한창 두유를 먹다가 요즘은 아몬드 브리즈만 먹고 있다. 시리얼과 함께 먹어도 좋다. 이외에도 브랜드별로 비건 두유가 있다.

5. 생선 코너와 정육 코너

만약 마트 지도에 그동안의 내 발자국을 표기한다면, 단한 발자국도 남지 않는 곳이 있다. 바로 정육 코너다. 채식주의자가 정육 코너에서 구매할 수 있는 식품은 없다. 페스코베지테리언 같은 경우에는 생선 코너를 이용할 수 있다.

6. 번외 : 한살림 생협

한살림 생협이 가까워서 장 볼 식품이 많지 않으면 한살림에서 장을 본다. 나는 쌀과 밀면, 떡, 빵, 두부를 주로 구매한다. 가장 많이 구매하는 식품은 바로 채식 카레다. 분말만 있다. 카레가루에는 채식으로 섭취하기 힘든 비타민 B12가 함유되어 있기 때문에 영양이 풍부한 채식 식단을 구성할 수 있다. 한살림 채식 카레는 고기가 안 들어가기 때문에 고기에서 느껴지는 특유의 느끼함이 없고 약간 매콤하여 담백하고 개운한 카레의 맛을 즐길 수 있다.

나는 채식주의자다. 비건 지향이지만 대형 마트를 다닌다. 여전히 비닐 포장된 채소를 구입하고 수입 농산물을 구입한다. 비닐 포장과 농산물 수입은 환경오염에 영향을 준다. 결국 지구를 딛고 사는 모든 동물에게 피해가 된다. 마트를 이용하면서 누리는 편리함과 저렴한 가격 그리고 쾌적함, 딱 그만큼 동물은 착취당하고 고통당하고 죽어 간다. 동물의 고통은 도처에 존재한다. 다만 인지하지 못하고 느끼지 못할 뿐이다.

나의 이성은 이미 알고 있다. 돈을 더 지불하더라도, 거리가 멀어 좀 수고스럽더라도, 생협이나 로컬 시장을 이용해야 한다는 걸. 그러나 여러 핑계로 실천하지 못하고 있다. 아는 만큼 사는 게 이리도 힘들다. 채식과 함께 따라다니는 게 있다. 환경, 기후위기, 제로 웨이스트, 동물권. 더 나아가 탈(脫)자본주의까지. 서로 떼려야 뗄 수 없는 개념들이다. 이 모두를 만족시키지 않는 삶이면 모순적인가? 모순적이다. 모순적이면 의미가 없나? 모순적이라는 이유가 아무것도 '하지 않을 이유'가 되지는 않는다.

매일 교통수단을 이용하며 막대한 에너지를 낭비하면서 환경 파괴의 주범이 된다. 대형 마트에 가면서 자본주의 구조를 견고히 하는 데 기여한다. 동시에 플라스틱을 줄이고자 생수를 구매하지 않고 물을 끓여 먹는다. 음식물 쓰레기 양을 줄이기 위해 잔반을 최소화하고 일회용품을 줄이기 위해 텀블러를 가지고 다닌다. 매번 절망하고 또 스스로를 위로한다. 생존을 위해서다. 그러지 않고서는 견딜 수 없고 살 수 없다.

　나라고 모순적이고 싶겠는가. 부단히 노력한다. 무엇이든 내가 할 수 있는 것을 최선 다해 실천할 뿐이다. 언젠가 엄격한 비건을 실천할 수 있길, 생산자와 직거래하는 날이 오길, 포장지 없이 쇼핑하는 날이 오길 기도하고 소망한다. 좌절하고 반성하고 실천하고 위로하고 궁리하는 삶을 사는, 나는 모순적인 채식주의자다.

채식이 비싼 이유

고기가 비싼 시절은 지났다. 공장식 축산으로 인해 대량 생산이 가능해졌다. 육질은 좋아졌고 양은 많아졌다. 자본주의의 특기 아닌가. 물론 이는 축산업에 지원하는 국가의 보조금 때문이기도 하다.

장마를 비롯한 기후위기에 채솟값이 요동친다. 간혹 친구들이 "채식이 돈이 더 들지 않아?"라고 질문한다. 물론 돈 아끼려고 채식하는 건 아닌데 그렇다고 채식이 비싸다고 생각하진 않았다.

결론부터 말하면 식단 구성과 양에 따라 달라진다. 육식을 예로 들면 삼겹살을 구워서 쌈장에 찍어 쌀밥이랑만 먹을 수도 있지만 상추와 깻잎, 고추를 곁들여 먹기도 하고 버섯과 고구마, 감자, 소시지를 함께 구워 먹기도 한다. 채식도 마찬가지다. 갖은 채소를 넣어 먹는 버무림만 해도 수십 가지 종류로 즐길 수 있다. 어떻게, 얼마나 먹느냐에 따라 달라진다.

개인이 직접 요리해서 먹는 경우에는 비용이 천차만별이지만 채식 식당에서 사 먹는 경우만 생각해 보자. 실제로 채식 전문점이나 채식 옵션 식당에 가면 음식이 비싸다고 느낄 때가 많다. 실제로 가격이 비싼 경우가 있기도 하지만 대체로 고기가 들어가지 않은 음식이 비싼 데에 대한 의구심이 드는 것이다. 채식을 하는 이들은 대부분 요리를 조금이나마 할 줄 알고 장을 직접 보기 때문에 식재료 값에 훤한 편이다. 식당에서 나오는 요리를 보면 대략 어떤 재료가 들어갔는지, 어느 정도의 비용이 들었는지 알 수 있다. 그렇기 때문에 채식 요리가 비싸게 느껴질 수밖에 없다.

그렇다면 실제로 채식 요리가 비싼 경우가 있는데 그 이유는 무엇일까?

첫째, 신선도. 채소가 갖고 있는 재료의 특성 때문이다. 고기에 비해 채소는 신선도를 유지하기 힘들다. 물론 냉장고가 없던 시절에는 고기 보관이 더 힘들었다. 고기는 실온에 두면 상하기 때문이다. 냉장고가 생기고 고층 빌딩에 살게 되면서 상황은 역전되었다. 채소는 더 이상 밭에서 뽑아 먹지 않고 마트에서 구입한다. 고기는 구입하더라도 냉동으로 두면 오래 보관할 수 있다. 채소는 구입하면서부터 신선도가 떨어지기 시작한다. 신선도 압박감이라고 해야 할까. 얼른 요리해서 먹어야 한다는 압박감을 느낀다. 아마도 비건 식당 혹은 비건 카페는 이런 압박감을 더 강하게 느낄 것이다.

둘째, 육식 인구에 비해 채식 인구가 절대적으로 적기 때문이다. 한국채식연합(KVU)에 따르면 2019년 국내 채식 인구는 약150만 명으로 추산된다. 소비층이 얇다. 수요가 줄어들면 공급이 줄어들 수밖에 없고 공급이 줄어들면 자연스레 식재료의 순환이 일어나지 않기 때문에 금액은 오를 수밖에 없다.

게다가 수요가 줄어들면 음식의 질도 함께 떨어진다. 장사 잘되는 호프집의 생맥주가 맛있는 이유처럼 말이다. 재료의 순환이 일어나지 않다 보니 음식의 질도 떨어지는 것이다.

셋째, 채소는 국내 날씨에 영향을 받는다. 축산업은 날씨에 덜 영향받는 편이다. 채소와 축산물 모두 국내산과 수입산이 있지만 채소는 국내 의존도가 높다. 장마와 가뭄에 심각한 영향을 받는다. 장을 봐서 요리를 해 본 이들은 경험했을 것이다. 2020년도 여름에는 장마로 인해 채솟값이 천정부지로 올랐었다. 앞자리가 바뀌었었다. 그럼에도 축산물 가격은 그대로였다.

넷째, 경쟁이 없다. 걸어가서 한 끼를 먹고 올 수 있을 정도의 거리에 채식 식당은 많지 않다. 지금 당장 가까운 거리로 나가 식당을 한번 둘러보라. 비건 식당은 차치하더라도 채식 옵션이 가능한 식당은 손가락으로 꼽을 수 있을 정도다. 간혹 하나도 없는 경우도 있다. 채식 식당이 가까운 곳에 많지 않으니 직접 요리를 해 먹는 이들은 늘어나고 그러면 자연스레 채식 식당 운영은 또 힘들어진다. 자본주의의 순리다. 자연스레 폐업하는 채식 식당이 늘어나고, 경쟁으로 인해 가격이 낮아지는 현상은 일어나지 않는다. 악순환이다.

이와 같은 채식 요식업 생리를 잘 알고 있는 이들이 의도적으로 비건 음식 가격을 높게 책정하는 경우도 생긴다. 판매자 입장에서는 박리다매가 되지 않으니 다른 수가 없다. 그렇다고 그들을 비난할 순 없다. 채식인들은 울며 겨자 먹기로 소비하는 신세가 되는데 이런 현상을 막으려면 채식 인구가 늘어나는 게 급선무다. 비건은 아니더라도 채식 지향인이 늘어난다면 채식 식당도 늘어나고 운영에도 큰 어려움이 없을 것이다.

슬기로운 등산일기

등산이란 취미는 이제 더 이상 중년들의 전유물이 아니다. 언젠가부터 인스타그램과 유튜브에서 캠핑과 등산이 주목받기 시작하더니 등산로에 젊은 세대가 모이고 있다. 등산이 힙한 문화가 되었다. 지금의 등산 문화를 보면 괜스레 흐뭇해진다.

내 또래들은 산을 대부분 싫어했다. 좋아하지 않는 정도가 아니라 싫어했다. 아마도 강제로 산에 오른 경험이 많았기 때문일 테다. 우리 또래들은 중고등학교를 다니며 종종 현장 체험 학습을 산으로 가거나 특별활동을 산으로 갔으니까. 돌이켜보면 학교 교육이 정말 '산으로 갔다'. 그런데 산에 갔던 기억이 그리 나쁘지 않았었나 보다. 나는 대학에 입학하고서도 종종 산에 다녔다. 한때 수염을 덥수룩 기르고 히말라야를 등정하는 '어드벤처 Lee'가 되는 게 꿈일 정도였고 주변 친구들로부터 산악인이라는 과분한(?) 별명을 얻기도 했다.

친구들이 산을 멀리하다 보니 나는 늘 외롭게 산에 다녔다. 가끔 산에 같이 가 주던 전 여자친구들은 모두 떠나갔다. (산 때문은 아니겠지?) 청승맞아 보일지 모르겠지만 산에서의 고독에 심취하기도 했다. 때로는 그 외로움이 도움닫기가 되어 산에서 새로운 사람들을 사귀기도 하고 산행을 함께하기도 했다. 지금 가끔 터지는 오지랖은 산에서 터득한 것일지도 모른다.

우리는 산에 가서 무엇에 취하는가

등산로에 가까워질수록 취한 사람 일색이다. 등산로 입구에는 등산용품 매장과 식당이 줄지어 있다. 사람들 눈 돌아가는 소리가 들리기 시작한다. 등산의 최고 난코스는 바로이 지점이다. 이 코스를 잘 견디고 산에 오르면 경치에 취할수 있지만 각양각색의 화려한 등산용품에 취하는 사람도 있고, 산에 오르기도 전에 소주 병나발 불고서 꿈나라로 떠나는 사람도 보인다. 예전에는 산을 찾는 사람들은 모두 경치에 취하기 위해 온 사람들인 줄로만 알았는데 그렇지만은 않은 것 같다.

나는 산의 경치와 기록에 취해 산에 다녔던 것 같다. 산에 다녀온 추억을 남겨 두기 위해 블로그에 기록하기도 하고 찍은 사진들을 SNS를 통해 공유했다. 그 무렵 급격히 친해진 친구가 있다. 바로 나의 서울메이트(seoul mate), 명훈이다. 나는 명훈에게 은근슬쩍 산에 대한 좋은 기억을 나누고 산에 함께 가자는 무언의 초대장을 수시로 보내기 시작했다. 화장품 샘플을 주며 홍보하는 방판 사원처럼.

어쩌다 우리는 2015년 겨울 무등산에 함께 오르기로 했다. 다행히 무등산은 겨울 설산의 아름다움을 맘껏 뽐냈고 서울메이트 명훈은 그 이후로 트레킹 메이트가 되었다. 이후 우리는 산에 갈 때마다 함께였고 2020년에는 서울 시내에 있는 거의 모든 산을 다녀왔다. 함께 산을 다니며 우리는 〈히말라야〉 영화 포스터를 패러디한 무말라야(무등산), 소말라야(소백산), 지말라야(지리산) 작품과 공중부양, 그리고 날아차기 작품을 남겼다.

살아 있는 생태교육 현장, 산

산은 살아 있는 생태교육 현장이다. 사람도 사계절 별로 다른 모습을 보여 주듯 산도 계절별로 다른 매력을 보여 준다. 봄과 여름에는 새소리와 나뭇잎들이 부딪히며 내는 소리가 내 귀를 황홀하게 했고 푸르게 돋아나는 잎을 보고 있으면 희망이 샘솟았다. 가을에는 바스스 부스러지는 낙엽 소리를 듣고 앙상한 나뭇가지를 보았다. 내면 깊은 무언가를 깨우기도 했고 우울감과 슬픔들을 표출하도록 돕기도 했다. 겨울에는 눈 쌓인 등산로를 걷는 게 좋았다. 눈을 밟으면 뽀드득 소리가 난다. 발로 밟는 촉감이 좋을 뿐만 아니라 귀에 닿는 자연의 소리가 몸과 마음을 정화한다. 게다가 정상에 오르면 온통 눈으로 뒤덮인 순백의 풍경은 환상적이었다. 그야말로 겨울왕국이다. 그 어떤 계절보다 겨울에 산행하는 걸 좋아한다. 친구 명훈도 그 풍경에 반해 나의 등산 메이트가 되었다.

산에 가면 다양한 비인간동물을 만나기도 한다. 검단산에 갔을 때에는 겨울잠을 자러 가는 뱀을 보기도 했고 지리산과 예봉산에서는 손바닥에 놓인 먹이를 받아먹는 동고비를 만나기도 했다. 북한산과 관악산에서는 산 중턱과 정상에서 강아지와 고양이를 보기도 했다. 살아 있는 동식물을 통해 내 안에 생명성이 충만해지는 경험을 하게 된다.

채식인의 슬기로운 등산 생활

금강산도 식후경. 아무리 풍경이 좋고 감정이 충만해지더라도 먹고 마시는 문제만큼 중요한 문제는 없다. 산에서도

마찬가지다. 산행 시간이 길어지면 산에서 끼니를 해결해야
한다. 채식하기 이전 주메뉴는 동물성 식품이었다. 참치 캔,
냉동삼겹살, 3분 카레, 3분 짜장 등. 산을 오르며 중간중간 먹
는 초코바 맛은 도심지에서 먹던 맛이랑 다르다. 똑같은 초
코바인데 말이다. 정상에서 먹는 사과 한 조각, 포도 한 송이
처럼 달콤하고 청량한 게 없다.

　채식 이후에는 초코바도 못 먹고 대피소에서 삼겹살도 먹
지 못한다. 겨울 산행에서 오들오들 떨며 입김을 휘이 불면
서 마셨던 달짝지근한 인스턴트 믹스커피도 마시지 못한다.
아니 이제 먹거나 마시지 '않'는다. 채식을 시작한 이후 사회
는 나에게 부지런함을 요구했다. 어딜 가더라도 굶지 않으려
면 채식이 가능한 식당을 미리 탐색해 둬야 했다. 아니면 매
일 도시락을 싸야 했다. 등산을 취미로 하는 채식인은 더욱
고충이 심하다. 나는 일차적으로 전날 도시락을 싼다. 감자
나 고구마를 쪄 두거나 과일 채소 버무림을 만들어 도시락을
싸 둔다. 산 주변에 김밥집이 없을 걸 대비해 김밥을 미리 구
매해 두기도 한다. 햄, 달걀, 맛살 등을 빼고 다른 채소를 넣어
달라고 하면 채식김밥이 완성된다.

　산을 오를 때만 번거로운 게 아니다. 하산 이후에도 문제
다. 채식 이전에는 하산 후에 삼겹살 구이와 함께 맥주 한잔

을 걸쳤다. 지금은 두부김치나 버섯전골 메뉴가 있는 식당에 간다. 이런 메뉴가 있는 식당을 미리 찾아 두는 것도 내가 산에 오르기 전에 하는 일이다. 미리 찾지 못하더라도 두부전골이나 버섯전골을 주문하면서 동물성 식품을 빼고 조리해 달라고 부탁하면 된다. 이 모든 과정이 번거로울 만도 한데 서울메이트 명훈은 군말이 없다. 나랑 만나는 날은 채식주의자가 된다. 고마운 서울메이트.

산은 그저 산이다

산은 인간사회의 모순적인 특성이 잘 드러나는 공간이다. 인간들은 회복과 치유, 쉼을 위해 산을 찾는다. 나도 마찬가지다. 살아 있는 동식물로부터 쉼을 얻는다. 과연 인간을 마주하는 동식물도 그럴까. 대부분의 산이 도시 외곽에 있다. 산으로 가는 길에는 목줄에 묶인 '시골 개'들을 자주 만날 수 있다. 공기 좋고 푸른 자연환경에서 그들에게 허락한 공간은 목줄이 그리는 원의 넓이뿐이다. 묶여 있는 시골 개들은 사람이 지나가면 필사적으로 짖는다. 공간을 공유해 본 적이 없어서 그 좁은 영역마저 빼앗길까 봐 두렸웠던 걸까. 산책은 하는 건지, 놀이 시간은 있는 건지 알 수 없다. 목줄에 매인 모습만이 기억에 남는다.

예봉산 등산을 마친 후 내려오는 길에 무시무시한 현수막을 봤다. '토종닭 직접 잡아서 해 드립니다.' 산에서 고양이와 동고비에게 간식을 주며 교감했던 인간은 하산 후에 직접 잡은 토종닭을 먹는다. 토종닭을 잡아 주는 식당에서 목줄이 풀린 강아지 두 마리가 뛰어나왔다. 약간의 경계심을 보였으나 사람이 익숙한 듯 짖거나 도망가지 않았다. 굉장히 이질적인 풍경이었다. 산에 사는 동식물이 주는 쉼을 누리며 생태 감수성이 풍부해지는 유익을 누리면서 동시에 산 아래에서 벌어지는 동물 학대와 착취라는 현실 앞에서는 아무런 힘을 쓰지 못하고, 쓰지 않는 게 바로 인간이다. 산을 오르다 보면 신기하게도 삶의 복잡한 문제를 잊게 된다. 그런데 하산하면서 '토종닭을 직접 잡아 준다'는 현수막에 마음이 다시 복잡해진다. 이를 어째야 할까.

일회용품이 함께 오는
채식 배달의 아이러니

우리는 원래 배달의 민족이 아니다. 십 년 전만 해도 배달 음식은 치킨, 피자, 한식, 중식이 전부였다. 이제는 배달의 민족이 되어 가고 있다. 비대면 시대에 배달량이 더욱 늘었고 배달업 플랫폼은 급성장했다.

나는 배달 음식을 좋아하진 않지만 가끔 배달 음식을 주문한다. 간편하기 때문이다. 하루에 네 끼를 요리하고 싶을 정도로 '요리욕'이 넘치는 날이 있지만 어떤 날은 '먹기만' 하고 싶을 때가 있다. 바로 그런 날 배달 음식을 주문한다. 간편함을 선호하기 때문에 엄격한 비건이 되는 일은 불가능에 가깝다. 비건 불모지 대한민국에서 채식 식당은 찾아보기가 힘들고 배달 음식은 더욱 그렇다. 페스코 베지테리언, 비덩주의자 정도는 되어야 음식 메뉴를 고를 수 있다. 최근 '배달의 민족'에 채식 메뉴 카테고리가 생겼다고 한다. 어쨌건 채식 소비자 입장에서는 반가운 일이다. 하지만 배달 음식이 채식이라도 채식주의와 반하는 지점이 있다.

첫째, 배달 음식은 불가피하게 일회용품을 사용한다. 배달 주문 시 고작 할 수 있는 건 일회용품을 빼 달라는 옵션을 선택하는 것뿐이다. 아이러니하게도 포장 용기는 모두 비닐과 플라스틱이다. 배달 음식 시켜 먹는 날은 재활용 분리수거함을 가득 채우는 날이다. 일회용품이 왜 채식주의와 반하는 거냐고? 채식주의는 단순히 고기만 먹지 않는 운동이 아니다. 지구와 환경을 살리는 운동이기도 하다. 일회용품 생산과 처리 과정은 환경에 영향을 끼친다. 결국 자연환경에, 살고 있는 동물들한테 영향을 끼치기 때문에 채식주의와 반하게 된다.

둘째, 배달은 연료를 사용한다. 요즘은 걷거나 자전거를 타고서 배달하기도 하지만 대부분 오토바이로 배달한다. 연료는 지구로부터 나오고 발생한 매연은 환경을 오염시킨다. 결국 동물에게도 악영향을 끼치기 때문에 결국 채식주의에 반한다. 마찬가지 이유로 수입 농산물과 수입 상품을 구매할 때에도 주의를 기울여야 한다.

셋째, 배달은 인간동물을 착취한다. 대부분 오토바이를 타고서 배달한다. 폭우라도 쏟아지는 날에는 아이러니하게도 배달량이 늘어난다. 외출을 삼가고 집에서 배달 주문량이 늘어나기 때문이다. 사실 나는 오토바이 운전자에게 불쾌한 감정을 감출 수 없을 때가 많다. 신호를 지키지 않는 건 다반사고 배달 음식들을 싣고서 인도를 달리거나 횡단보도를 달린다. 인도를 걷다가 마주 오는 오토바이에 깜짝 놀라기도 하고 아찔하게 오토바이가 스쳐 지나간 적도 있다. 이 모든 건 배달 기사만의 탓은 아니다. 문제는 배달 구조에 있다. 건당 금액을 받기 때문에 배달 기사는 더욱 속도를 내고 불법을 자행할 수밖에 없다. 폭우가 쏟아지면 배달량은 늘어난다. 건당 지급액이 올라가기 때문에 위험을 무릅쓰고 배달 콜을 받는다. 인간동물을 착취하지 않는 배달이 가능한 날이 올까.

채식주의자는 부지런해야 한다. 진정 환경과 동물을 생각한다면 포장재로 가득한 배달 음식 주문을 자제해야 한다. 비가 오는 날이면 더욱이 배달 주문을 자제해야 한다. 아무리 피곤하고 귀찮아도 음식을 해 먹거나 식당에 찾아가는 수고가 필요하다. 채식주의자는 간편함과 싸워야 한다. 나는 그 싸움에 한 달에 두세 번 정도 진다. 간편함은 그 어떤 유혹보다 강력하다. 간편함을 추구하면서 동시에 채식주의자가

될 수 없을까? 일회용품 없는 배달, 연료를 덜 쓰는 배달, 인간
동물을 착취하지 않는 배달이 가능한 날이 올까? 나는 부지
런해지고 싶은, 아직은 게으른 채식주의자다.

우유를 가장 맛있게 먹는 방법

우유 당번은 매일 초록색 플라스틱 박스에 우유를 담아 왔다. 학교에서는 한 달에 5~6천 원 정도를 지불하면 우유를 매일 마실 수 있었다. 슈퍼보다 가격이 싸서 많은 친구들이 우유 급식을 신청했다. 그렇게 우리는 깡촌에서 '서울' 우유를 싼 값에 먹을 수 있었다. 나는 학교에서 마시는 우유를 따로 신청하지 않았다. 맛이 없었기 때문이다. 물론 서울에서 생산된 우유라 맛이 없는 건 아니었다. 어떤 우유를 마셔도 우유 특유의 비릿함이 느껴졌는데 그 맛이 엄청 불쾌했다. 엄마의 강요에 못 이겨 집에서는 고급 우유 아인슈타인을 마시긴 했지만 마시지 않을 수만 있다면 어떻게든 마시지 않았다.

나는 몸집도 작고 키도 작았다. 반에서 키로 줄을 세우면 항상 한 손가락 안에 들 정도였다. 그래도 어려서부터 운동도 꽤 잘하고 공부도 곧잘 해서인지, 작은 키에 대한 콤플렉스는 없었다. 그런데 중학생이 되자 주변 친구들 키가 쑥쑥 크면서 머리 하나 정도의 키 차이가 나기 시작했다. 중학교 2학년 때부터였나. 결국 나는 위기감을 느껴 우유를 마셔야겠다고 결심했다. 매일 우유를 마시기 시작했고 간혹 유통기한이 막바지에 다다른 우유가 추가로 배달되었는데 나는 그것도 마셔 하루에 두 팩씩 먹은 적도 많았다. 그야말로 보약 먹듯 마셨다. 여전히 우유 특유의 비릿한 냄새가 싫었다.

그러다 냄새를 잠재울 수 있는 비법을 찾게 되었다. 우유를 마셔 본 이들은 다 아는 비법이다. 마법의 갈색 가루, 네스퀵이나 제티를 섞어 마셨다. 종이팩 우유 한쪽을 열고 가루를 털어 넣는다. 종이팩을 닫고서 손가락으로 입구를 꽉 잡은 채로 뒤집어 마구 흔든다. 마법처럼 우유팩 안 거품들이 톡톡 터지면서 비릿한 향은 사라지고 달콤한 초코우유가 된다. 간혹 딸기맛 제티를 넣어 마시기도 했는데 뭐니 뭐니 해도 '원조'가 제일이다. 우유 덕분인지 모르겠지만 어쨌든 목표는 달성했다. 중학교 2학년 여름방학이 지나자 키가 10cm 정도 컸다. 엄마 말에 의하면 그땐 밥도 두 공기씩 먹고, 아무튼 뭐든 잘 먹는 시절이었다고 한다.

우유. 발음부터가 귀엽지 않은가. 다른 사람은 어떨지 모르겠는데 우유를 떠올리면 나는 우유 광고가 떠오른다. 푸른 초원 위 점박이 젖소와 아기 송아지를 떠올린다. 참 평화롭고 귀여운 장면이다. 우유는 모두가 알고 있듯 한자어다. 소 우(牛), 젖 유(乳). 소의 젖이다. 개의 젖은 새끼 강아지가 먹고 고양이의 젖은 새끼 고양이가 먹는다. 사람 젖은 아기가 먹는다. 이상하게 소의 젖은 사람이 먹는다. 아기뿐만 아니라 다 큰 어른, 할머니, 할아버지 들도 먹는다. 물론 그 누구도 소의 젖을 물고 빠는 사람은 없다. 우리는 종이팩에 담긴 뽀얀 소의 젖을 마신다. 뽀얀 우유는 어떻게 생산될까? 사람과 마찬가지로 소도 임신과 출산이라는 과정을 거쳐야 젖이 나온다. 일단 임신을 하기 위해서 강제로 수태를 시킨다. 자연 교배는 없다고 봐도 무방하다. 대부분 인공수정으로 수태시킨다. 소가 도망가거나 움직이지 못하도록 틀에 가둔다. 사람이 젖소의 질 안에 손을 집어넣고 손을 넣었다 빼는 동작을 반복하다가 미리 채취해 둔 정액을 주입한다. 사실 말이 '수태'지, 강간이나 다름없다.

젖소는 결국 임신하고 출산한다. 출산 후 몇 시간 이내로 송아지는 사람이 강제로 데려간다. 왜냐하면 젖소의 젖을 송아지가 먹으면 안 되기 때문이다. 그러면 그 젖을 누가 마시냐고? 바로 우리가 마신다. 새끼를 빼앗긴 어미 소는 송아지를 실은 트럭을 쫓아가 보지만 어림없다. 결국 몇 시간 만에 젖소와 아기 송아지는 생이별한다. 수컷 송아지는 젖이 나오지 않기 때문에 며칠 후 도축장으로 향하고, 운 좋게 살아남은 암컷 송아지는 엄마처럼 우유 기계가 된다. 젖소는 대형 착유 축사에 들어가 하루 두세 차례 젖을 짜낸다. 이런 젖소가 건강할 리 없다. 젖에서 고름이 나오기도 하고 수명도 줄어든다. 자연 상태 젖소의 평균 수명이 20년인 데 반해 착유되는 젖소의 평균 수명은 4~8년이다.

나는 원래 '라테파'가 아니다 보니, 가끔 맛있는 팥빵이나 초콜릿과 같이 달콤한 후식과 곁들여 먹거나 추운 겨울 핫초코나 고구마라테를 먹는 정도로 우유를 소비했다. 하지만 이제는 그마저도 마시지 않게 되었다. 두 눈을 부릅뜨고 성분표의 '우유'를 찾고, 그 제품은 소비하지 않는다. 더 이상 강간과 강제 착유에 내가 가담할 수 없기 때문이다.

우유를 맛있게 마시기 위해서는, 누구나 공통적으로 지켜야 하는 원칙이 한 가지가 있다. 바로 우유의 생산 과정을 보지 않고 알지 않는 것이다. 우유 생산 과정을 알면 우리는 더 이상 맛있게 마실 수 없다. 진실이 가려질 때 비로소 우리는 우유를 '맛있게' 마실 수 있다.

우유가 함유된 식품

—각종 우유, 치즈, 버터, 일반 과자류, 빵류 등

— 과자와 빵은 몇 가지 특정 품목을 제외하곤 거의 우유나 동물성

첨가물이 함유되어 있다.

우유 대체품

—아몬드 브리즈, 귀리유, 두유 등

두유라고 다 비건이 아닙니다

나는 비건 지향인이다. 정확히 말하면 비건도 아니고, 페스코 베지테리언도 아니다. 가능한 한 동물성 식품을 소비하지 않기 위해 노력하는 편이다. 비건 지향을 하면서 처음부터 우유 대신 두유를 마신 건 아니다. 채식을 시작하고 한 1년정도 지날 때쯤부터 우유 대신 두유를 마시기 시작했다. 우유는 사람이 아니라 송아지를 위한 '젖'이니까.

평소 달달한 음식을 좋아했다. 막 두유를 마시기 시작했을때, 베지밀 비(B)를 마셨었다. 그러던 어느 날 혈당이 높아지는 것 같은 기분이 들어 베지밀 에이(A)로 바꿔 마셨다. 그런데 좀 더 알아보니 두유라고 다 비건이 아니었다. 비건이 아닌 제품들이 있었다. 이게 무슨 소리지?

모든 식품들이 그렇다. 토마토소스라고 해서 토마토만 들어가는 게 아니다. 베지밀 에이가 두유라고 해서 콩만 들어

143

가는 게 아니다. 콩물과 함께 식품첨가물이 사용된다. 합성 향료, 안정제, 유화제 등이 식품첨가물에 해당하며 동물성 재료들이 사용된다.

그중 비타민 D는 동물성 첨가물이다. 베지밀 에이 영양정 보에 보면 비타민 D가 있다. 비타민 D는 햇빛을 통해 형성 되는데 피부, 간, 신장 등을 거쳐 활성화된다. 그중 대표적인 것이 비타민 D3인 '콜레칼시페롤'이다. 대부분의 종합비타 민 내 비타민 D 성분이 이것이다. 비타민 D3가 두유에도 함 유되는데 양털의 라놀린이라는 기름 성분을 추출해 만든다. 라놀린 내에는 다양한 지방산과 알코올이 함유돼 있는데 여 기서 콜레스테롤 구조 물질을 추출해 여러 단계를 거쳐 비타 민 D3가 완성된다. 결론적으로 베지밀 에이와 베지밀 비는 비건 제품이 아니다.

이참에 '찐' 비건 두유를 찾아보기로 했다. 나는 정식품, 매 일유업, 연세우유에 전화하여 문의했다. 세 군데 모두 친절 하게 응답해 주었고 한 업체는 연구소에 추가 확인까지 한 후 피드백을 주었다.

비건 입장에서 두유를 크게 세 가지로 구분할 수 있었다. 첫째, 첨가물이 들어가지 않은 무첨가 두유다. 단어 그대로

무첨가 두유라 '콩물'만 들어간다. 내가 찾던 '찐' 비건 두유
다. 통화 중에 상담사가 했던 말이 기억난다.

"콩물만 들어가서 정말~! 맛없어요."

맞다. 사실이다. 이분은 찐이다. 회사 제품을 맛없다고 하
다니, 정말 유쾌한 상담이었다. 연세우유 무첨가 두유 제품
은 무첨가 두유와 무첨가 검은콩 두유, 두 가지다. 매일유업
무첨가 두유 제품은 99.89 두유와 검은콩 두유, 두 가지다. 정
식품 상담사는 비건 두유가 없다고 이야기했지만 정식품에
도 무첨가 두유가 있다.

둘째, 첨가물이 함유되었지만 비동물성 첨가물을 사용한
두유. 연세우유의 우리콩 검은콩 두유, 우리콩 잣두유, 우리
콩 약두유, 세 제품은 식물성 첨가물이 사용된 제품이다. 연
세우유의 약콩365 제품은 콩물에 소금만 첨가한 제품이다.

그 외 동물성 식품첨가물이 함유된 일반 두유들은 브랜드
별로 다양한 제품이 출시되어 판매되고 있고 베지밀 에이와
베지밀 비 또한 동물성 식품첨가물이 함유된 일반 두유에 속
한다.

결론적으로 비건이 마실 수 있는 두유는 무첨가 두유와 식
물성 첨가물만 사용한 두유다.

비건 두유 제품 리스트

매일유업 99.89 두유, 매일유업 검은콩 두유, 연세우유 무첨가 두유, 연세우유 무첨가 검은콩 두유, 연세우유 우리콩 검은콩 두유, 연세우유 우리콩 잣두유, 연세우유 우리콩 약두유, 연세우유 약콩 365, 정식품 무첨가 두유

이외에도 다양한 브랜드 비건 두유 제품이 있다. 하지만 비건 두유 상품은 일반 마트에서 유통이 잘 되지 않기에 매일유업과 연세우유 상품 목록만 작성했다.

이상하다. 비건 인증을 받은 두유가 없다. '무첨가 두유'가 가리키는 게 비건 두유다. 논리적으로 따져 보면 무첨가 두유는 비건 인증을 받을 필요가 없다. 그럼에도 비건 인증이 필요한 이유는 무엇인가? 비건 인증을 받는다는 건 공인기관의 인증을 받는 일이다. 만약 무첨가 두유를 비롯해 식물성 첨가물이 들어간 두유 제품에 비건 인증 마크가 찍혀 있었다면 지금처럼 내가 공부하고 이 글을 작성할 이유가 없다.

이유는 모르겠다. 아직 비건 인증을 신청 안 했거나 못 했거나. 비건 인증은 한국비건인증원에서 담당한다. 한국비건인증원의 인증 절차가 단순하진 않다. 그리고 수수료 납부를 해야 한다. 아마 절차상의 복잡함과 수수료, 마케팅 등 다양

한 이유로 인증을 받지 않았을 걸로 추정된다. 나는 상담사에게 무첨가 두유도 비건 인증을 받으면 좋겠다는 의견과 이유를 전달했다. 상담사는 해당 부서에 전달하겠다고 했다.

국내에 비건 인증기관이 운영되고 있는 건 참 반가운 일이다. 적어도 해외에 제품을 발송하여 까다롭게 비건 인증을 받을 필요가 없어졌기 때문이다. 비건 인증을 받기 위해 비용을 지불하는 게 한편으로는 씁쓸하기도 하다. 어쩔 수 없는 일이다. 현실을 인정해야만 한다. 인증원이 없다면 우후죽순으로 저마다의 비건 마크를 만들어 소비자를 속일 수도 있다. 비용이 지불되더라도 비건인증원이 필요한 이유다.

채식주의자를 위한 선물

생일은 항상 기말고사 시즌이었다. 시험 준비하느라 바쁠
텐데 내 생일을 잊지 않고 축하해 주는 친구들이 고마웠다.
물론 기말고사가 전혀 신경 쓰이지 않는 친구도 더러 있었겠
지. 나도 누군가의 생일을 챙기려고 하는 편인데 마음도 몸
도 게으른 탓에 친구들의 생일을 잘 챙기지 못하는 것 같다.

사실 게으름은 핑계다. 나는 생일이나 기념일 챙기기를
귀찮다고 여기는 걸 넘어 싫어한다. 뭔가 숙제를 하는 느낌
이 들기 때문이다. 선물을 주거나 마음을 표현하고 싶은 건
'내가 하고 싶을 때' 해야 된다는 생각이다. 참 이기적인 생각
이다. 자기애가 넘치는 사람이라는 걸 스스로도 알고 있었지
만 이 정도일 줄이야. 애써 외면하고 부정하고 싶다.

다행히도 못난 나를 아직 곁에 두는 친구들이 있다. 올해
도 어김없이 친구들은 나의 생일을 축하해 주었다. 코로나

때문에 대면할 수 없었지만 메시지와 선물을 함께 보내 주었다. 나는 친구들에게 생일이 별거냐고 떠들어댔지만 축하에 감동받는 건 사실이다. 이렇게 생일 글을 쓴다는 건 내가 이미 생일에 굉장한 의미를 부여하고 있다는 걸 의미한다. 아마 축하 메시지 한 통 없었더라면 울적했을 거다. 매년 연말에 하는 '올해 되돌아보기'는 앞당겨 생일날 했을 거고 주요 키워드는 인간관계가 되었을 것이다.

나는 2019년부터 채식을 지향했다. 2019년 생일부터 고기를 먹지 않았기 때문에 그때부터 생일상 풍경이 달라졌다. 그래도 유제품은 먹었기 때문에 친구들이 보내 준 케이크를 비롯해 디저트류는 먹었다. 2020년에는 유제품이 들어간 케이크를 먹지 않기로 하여 생일에 몇몇의 친구들이 보내 준 케이크를 거절했다. 친구들이 선물로 치킨이나 케이크를 주면 마음이 불편하다. 친구들이 준 선물이 마음에 들지 않아 불쾌하다기보다, 내 생일을 기억해 주고 선물까지 보내 준 건데 그걸 거절해야 하기 때문이다. 되려 미안한 마음이 들었다.

"동물성 재료가 핸드크림이랑 립밤에도 들어가?"

"내가 그런 걸 잘 몰라서 먹는 건 도저히 못 보내겠고 저걸 보낸 건데….”

“특별한 선물이 생각나는 사람이 있는 것 같아.”

“그런 경우는 지향하는 바나 좋아하는 게 분명할 때인 것 같아.”

“그래도 아이스크림은 먹지?”

항상 그 해 생일이 가장 특별했지만 2020년 생일은 더욱 특별했다. 선물도 선물이지만 메시지들이 참 고마웠다. 나에게는 이미 동물성 원료를 사용하지 않은 선물을 주는 친구들이 있었고 내가 사용할 수 있는 상품인지 물어봐 주는 친구들도 있었다. 카카오톡을 열어 손가락으로 열심히 스크롤하여 적당한 가격과 ‘있어’ 보이는 선물을 보내면 되는 시대다. 선물을 보내기 전에, 선물을 보낸 후에 신경을 쓰는 친구들의 마음이 고마웠다. 마음이 몽글몽글해졌다. 생일 선물이 뭐라고, 인생을 잘 못 살고 있지 않다는 위안도 얻었고 앞으로 잘 살아야겠다는 다짐도 했다. 또한 2020년 생일이 특별했던 이유 중 하나는 아내 덕분이기도 하다. 생일 당일 아내가 비건 케이크를 찾지 못해 내가 비건 케이크를 사 왔고 아내는 촛불을 켜고 열렬히 축하해 주었다. 특별하지 않을 수 없는 그런 생일이었다. 축하는 선물이 중요한 게 아니다. 마음이 중요하다.

다시금 강조하지만 축하해 주는 진심이 중요하다. 그럼에도 우리는 누군가의 생일이 되면 여전히 '무엇을' 선물할지 고민한다. 만약 채식주의자(혹은 비건 지향인)에게 선물한다면 어떤 선물을 주어야 할까? 단순히 선물 고르기도 어려운데 채식주의자를 위한 선물을 고르는 일은 더욱 까다로운 일이다. 친구가 무엇을 좋아하는지 알아야 하고 그 좋아하는 걸 내가 사 줄 수 있는 여유도 있어야 하기 때문이다.

금액대는 만 원에서 삼만 원 선으로 생각하고 선물을 고르는 기준을 정리해 보자.

첫째, 선물이 음식이냐 아니냐를 결정한다.

둘째, 만약 음식 선물을 주기로 결정했다면 어떤 종류의 채식을 하는지 알아본다. 채식 종류는 매우 다양하다. 개인의 상황에 따라 다양한 채식의 형태가 있으니 친구에게 물어보는 게 중요하다.

하지만 친구가 어떤 채식을 하고 있는지 알아도 선물을 고르기 난처한 건 마찬가지다. 왜냐하면 우리가 상상하는 것 이상으로 동물성 재료가 곳곳에 숨어 있기 때문이다. 동물성 재료가 포함되었는지 확인하려면 성분표를 일일이 확인해야 한다. 이는 채식인에게도 번거롭고 쉽지 않은 과정이다.

채식을 하지도 않는 이에게는 두말할 필요 없이 어려운 일이다.

가장 간편한 방법은 비건 상품을 선물하는 것이다. 비건은 가장 엄격한 채식이기 때문에 다른 채식을 지향한다고 해도 문제될 게 없다. 물론 정말 비건 상품을 선물하고자 한다면, '비건 인증'을 받은 상품을 구입하는 게 정답이겠지만 자체적으로 비건이라고 홍보하는 상품을 구매하는 것도 대안이 될 수 있다. 우리나라에도 비건인증원이 생겨 많은 상품들이 비건 인증을 받고 있기 때문에 시간이 지나면 많은 비건 상품을 구매할 수 있으리라 생각한다.

많은 사람이 커피 기프티콘을 선물한다. 스타벅스에서 커피, 카페모카, 라테는 비건으로 주문이 가능하다. 라테나 카페모카는 우유 옵션을 두유로 변경하면 되기 때문이다. 하지만 요거트 음료는 옵션 변경이 안 되고 케이크 종류는 만들어진 상품이기 때문에 비건 주문이 불가하다. 하지만 모든 기프티콘이 그렇듯 결제 금액에 맞춰 상품을 변경하여 주문할 수 있기 때문에 크게 염려하지 않아도 된다. 다만 다른 카페나 베이커리의 경우 비건 상품 자체가 없어 구매가 불가능할 수 있다. 일반적으로 아메리카노는 비건이 이용할 수 있는 음료이고 라테를 비건 음료로 즐기려면 우유를 두유나 귀리유로 변경하여 주문해야 한다. 옵션 변경 주문이 가능한 카페는 스타벅스, 투썸플레이스, 커피빈이다(2020년 12월 기준).

식품이 아닌 것을 선물한다면 여기서부터는 더 복잡해진다. 앞서 말한 것처럼 상상 이상으로 동물성 재료가 곳곳에 쓰이기 때문이다. 캐시미어, 구스다운, 모피, 가죽 신발, 가죽 가방, 가죽 지갑은 말할 것도 없고 화장품이나 도자기, 컵에도 동물성 재료는 포함되어 있다.

아래는 2020년 생일에 받았던 선물들이다. 혹시 채식주의자(비건)에게 할 선물이 고민된다면 이중 하나를 선물해도 좋을 것이다.

비건 핸드크림과 립밤, 커피와 자몽티 같은 음료 기프티콘, 오설록 차 세트, 코코도르 방향제, 비건 컵케이크, 코르크 볼펜, RUSH 샤워젤.

당신이 무얼 선물하든 진심을 글이나 말로 담아 표현한다면 친구는 고마워할 게 틀림없다. 더군다나 당신이 친구 선물을 위해 이 글을 읽고 있다면, 당신은 이미 좋은 친구다. 친구를 위해 정보를 찾아보고 마음을 쓴다는 게 쉬운 일은 아니다. 채식 여부를 떠나 선물에 담긴 진심을 알아보면 누구나 기쁜 법이니까. 친구가 좋아하는 건 뭔지, 필요한 건 뭔지, 생일을 핑계로 겸사겸사 안부도 묻고 마음도 나누는 생일이되길 바란다. 채식주의자를 위한 선물? 정답은 없다. 하지만 진심은 전해지고 통할 것이다.

하다 하다 이런 것도 만들어 먹습니다

TV에서 〈나 혼자 산다〉가 방영되고 있었다. 배우 김OO
이 출연했는데 에어프라이어로 피자를 만드는 장면이 나왔
다. 자막 표현처럼 정말 '美친 비주얼'이었다. 식빵 가장자리
에 치즈를 두르고 꿀과 달걀을 푼다. 그리고 각종 채소를 올
려놓고 다시 에어프라이어에서 빵을 굽는다. 그리 어려워 보
이지 않았다. 시간이 나면 꼭 만들어 봐야겠다고 생각했다.

며칠이 지나 주말이 되었다. 주말이면 괜히 피곤하고 나
른해진다. 몸이 찌뿌둥한 날에는 요리가 귀찮아진다. 피자가
먹고 싶어 피자를 주문했다. 우리 집은 파파존스 피자만 취
급한다. 내가 치즈를 안 먹기 때문이다. 파파존스에는 가든
스페셜이라는 메뉴가 있고 주문할 때 치즈를 빼 달라고 요청
하면 비건 피자를 주문하여 먹을 수 있다.

피자에 치즈가 없으면 그게 피자냐고? 그러니까 말이다.

치즈 없는 피자는 볼품이 없다. 채소들이 툭툭 떨어지면서 피자의 품격도 함께 뚝뚝 떨어진다. 치즈가 없다 보니 피자 한 판을 먹는 것도 어렵지 않다. 지난번에는 한 판을 시켜서 아내가 한 조각, 내가 일곱 조각을 먹었다.

그런데 파파존스에서 치즈를 뺀 가든 스페셜 피자를 매번 시켜 먹을 때마다 서운한 감정이 스멀스멀 올라왔다. 옵션에서 치즈를 빼면 다른 채소를 좀 더 넣어 주길 바랐는데 과한 바람이었나 보다. 먹을 때마다 빵 위에 토마토페이스트를 바르고 채소를 듬성듬성 넣은 피자가 2~3만 원이라는 사실에 매번 돈 아깝다는 생각이 들었다.

문득 TV에 나온 피자가 생각났다. 집에 오븐도 있고 토마토페이스트와 채소가 있으니 직접 해 먹어 보기로 했다. 치즈 대신 소이 마요를, 식빵 대신 토르티야(또띠야)를 사용했다. 채소는 피망과 양파, 버섯, 감자, 당근을 넣었다. 집에 있는 채소를 모조리 넣었다. 그리고 파인애플을 올려놓으면 하와이안 피자 느낌을 낼 수 있다.

비건 피자 만들기

1. 토르티야 위에 토마토페이스트를 고르게 바른다. 덕지덕지 바르면 짜기 때문에 고르게 펴 발라야 한다.

2. 소이마요를 듬성듬성 뿌린다.

3. 채소는 먹기 좋은 모양으로 썰어 기름에 살짝 볶는다.

4. 볶은 버섯, 양파, 감자, 당근을 토마토페이스트 위에 올려놓는다.

5. 피망과 파인애플은 볶지 않고 생으로 올려놓는다.

6. 오븐을 사용하여 200℃ 온도로 10~15분간 데운다.

요리에 재능도 없고 요리를 즐겨 하지도 않았었는데 비건 지향 식사를 하면서 자연스레 요리를 자주 하게 되었다. 밖에서 먹는 음식은 대부분 동물성 식품이 들어가고 들어가지 않는다 하여도 짜고 자극적인 맛이 대부분이기 때문이다.

피자라고 하기엔 뭔가 아마추어 티가 팍팍 나지만 그럼에도 불구하고 굉장히 만족스럽다. 요리를 하고 만든 음식을 먹는 그 시간들은 온전히 내 것이기 때문이다. 다른 어떤 생각이나 문제가 끼어들 틈이 없다.

요리하는 과정이 즐거운 또 하나의 이유는 상상했던 맛을 실제로 구현하는 시간이기 때문이다. 매우 설레고 흥분되는 시간이다. 사람들에게 잘 팔릴 만한 음식은 아닐지라도 적어도 나 하나는 만족시킬 수 있는 시간이다. 맛있다고 느낄 수밖에 없다. 내가 예상한 대로 음식 맛이 구현되면 어렸을 적

어려운 수학 응용 문제를 풀었을 때처럼 희열도 느껴진다. 만약 예상대로 맛이 구현되지 않더라도 실망하진 않는다. 여행지에서 계획에 없던 경험이 즐거움을 주는 것처럼 주방에서도 예상에 없던 맛은 유쾌한 기억을 선물하기 때문이다.

손바닥만 한 토르티야에 나만의 세상이 열린다. 예술가라도 된 기분이다. 토르티야에 토마토페이스트를 펴 바르고 그 위에 채소를 각자 위치에 얹어 놓는다. 손바닥만 한 작은 공간이지만 온전한 나의 세상, 평화로운 세상이다. 그 누구도 상처받지 않고 상처 주지 않는, 어떤 동물도 해치지 않는 세상.

매일 밤 거꾸로 서는 사람

나는 요즘 매일 체중계에 올라선다. 최근 1년간 체중계 저울 눈금은 60kg에서 63kg을 오간다. '5kg의 이현우'가 사라졌다. 체중계에 매일 오르는 이유는 잃어버린 나를 찾기 위해서다. 누군가에게는 재수 없게 들릴지 모르겠지만.

"나 다시 돌아갈래~!"(〈박하사탕〉ver.)

채식을 하게 되면서 자연스레 살이 빠진 것이다. 언젠가부터 친구나 가족들을 오랜만에 만날 때마다 살이 빠졌다는 이야기를 듣게 되었다. 그 말을 듣는 만큼만 살이 다시 쪘다면 원래 몸무게로 돌아갈 수 있었을텐데. 귀에 딱지가 앉도록 살 빠졌다는 소리를 들었다. 한 귀로 듣고 한 귀로 흘리는 주특기는 작동하지 않았다. '살이 그렇게 많이 빠졌나?' 신경이 쓰여 어느 날 체중계에 올랐다.

60kg. 체중계 저울은 간신히 6이라는 숫자에 턱걸이를 하고 있었다. 비상이었다, 비상! 배가 고프거나 몸에 큰 이상은 없었지만 불안이 몸을 휘감았다. 십의 자리가 5로 떨어지면 바람에 휙 날아갈까 걱정이 되었던 걸까. 나는 끼니마다 탄수화물 양을 늘렸다. 견과류와 두유, 과일을 간식으로 챙겨서 밥 먹듯 먹었다. 매일 체중계에 올랐다. 살을 빼려는 아내가 구매한 체중계는 살을 찌우려는 나와 더 친하게 지냈다. 어디서 들었는지 모르겠지만 근육량이 지방량보다 밀도가 높다는 얘기도 문득 기억났다. 저녁마다 간단하게나마 푸시업이나 철봉, 아령 등 근력운동을 했다. 근육을 만들면 체중이 늘어날 거라는 믿음과 함께.

운동강박증으로 시작한 맨몸 운동

한때 운동강박증이 있다고 의심될 정도로 거의 매일 다소 과격한 운동을 했다. 농구, 복싱, 유도, 등산. 코로나가 터지는 바람에 한참 동안 운동을 하지 않았다. 가끔 산책을 하거나 등산을 하는 정도였다. 게다가 한창 '글쓰기 근육'을 키우겠다고 노트북 앞에서 키보드만 쳐댔다. 손가락 근육량은 확실히 늘어난 것 같은데 근손실이 찾아왔다. 체중과 함께 체내 근육량도 함께 줄었다. 운동을 해야 할 것 같은 불안감이 스멀스멀 올라왔다. 운동강박증 초기 증상인가. 결국 집 근처 체육관을 알아보기 시작했다.

한참 운동을 쉬다가 막상 다시 복싱 체육관을 가려고 하니 귀찮았다. 게다가 연신 터지는 대규모 코로나 감염 사태로 체육관은커녕 집 근처 카페에 가는 것에도 몸을 사리게 되었다. 아이러니하게도 체육관을 가려는 이유와, 가지 않은 이유는 모두 몸을 지극히 생각했기 때문이었다.

'홈트레이닝이나 철봉 운동이라도 하자.'

결국 체육관을 등록하지 않고 혼자서 할 수 있는 실외 운동과 홈트레이닝을 하기로 했다. 실외에서는 철봉과 평행봉 운동을 했고 집에서는 맨몸 운동을 했다. 집에서의 맨몸 운동은 30년 동안 배운 동작들을 총동원했다. 짬뽕 맨몸 운동. 태권도에서 배운 스트레칭, 유도에서 배운 배 밀어 올리기 푸시업, 올드보이 유지태 메뚜기 자세, 이효리 물구나무서기, 유튜버 선생님께서 가르쳐 주신 각종 요가 자세와 플란체(planche) 동작 같은 것들이다. 잠자던 근육들을 깨웠다.

플란체 운동은 내가 아는 맨몸 운동 중 가장 고강도, 고난도 동작이다. 땅에 짚은 두 손을 펴고 온몸을 지탱하는 맨몸 운동이다. 두 팔과 어깨, 코어 근력 그리고 손목의 유연성을 필요로 해서 맨몸 운동 끝판왕으로 불린다. 플란체 운동을 장황하게 설명할 때부터 눈치챘을지 모르겠지만 나는 플란체 동작은 흉내도 못 낸다. 플란체를 위한 이전 단계의 여러 동작으로 운동하고 있다. 근육량이 크게 늘진 않았지만 학원의 도움 없이 새로운 동작을 배워 가는 재미에 푹 빠졌다. 턱플란체를 처음 성공한 날의 짜릿함은 잊을 수 없다. 다소 엉성한 자세지만 두 손으로 바닥을 짚고 발가락부터 안면근육까지, 우주의 기운을 모아 몸을 공중에 띄웠던 기억이 난다. 턱플란체는 개구리 자세로 알려진 요가 자세와 유사한 동작이다.

푸시업과 턱플란체를 비롯한 근력 운동을 마치면 물구나무, 메뚜기 자세, 뒤로 젖히는 휠 자세 등 온종일 경직되어 있었던 몸을 풀어 주는 요가로 운동을 마무리한다. 어떤 날은 발바닥에 모래주머니를 달아 놓은 것처럼 발이 뻐근할 때가 있다. 팔을 모아 삼각형을 만들고 두 손에 머리를 갖다 대고 물구나무를 선다. 턱플란체를 할 때만큼이나 짜릿하다. 하늘로 솟은 두 발로 허공을 헤엄치면서 몸이 기울어지지 않도록 균형을 유지한다. 온몸의 피가 머리 쪽으로 쏠린다. 발에 덕지덕지 묻어 있던 피로감도 싹 가시는 기분이다.

집 안 육체미 소동도 벌어졌다. 나는 운동 중간중간 상의를 탈의한 채로 거울을 바라보고 있었다. 보디빌더처럼 우락부락한 근육을 키우는 데 관심이 없다. 운동을 꾸준히 하면서도 여지껏 단백질 보충제를 섭취해 보기는커녕 검색조차 해 보지 않았다는 게 나름의 증거(?)다. 그런데 자꾸 거울을 쳐다봤던 건 무엇 때문이었을까. 남들은 몰라 줘도 나라도 알아줘야겠다는 마음이었을까.

다행히도(?) 철봉 운동과 평행봉 운동을 하는 야외에는 거울이 없었다. 철봉을 하고서 자연스레 왼손이 오른쪽 광배근(날개)으로 향했다. 그런데 이게 무슨 일인가. 손이 광배근으로 가기 전 먼저 스친 건, 다름 아닌 가슴. 단단한 가슴 근육이 아니라 단단한 갈비뼈. 신경이 쓰였지만 있는 그대로 사랑해야겠다고 마음을 다잡았다. 나르시시스트의 장점이 이런 것 아니겠는가. 앙상한 갈비뼈도 사랑할 수 있다는 것.

20대에는 이 앙상한 몸뚱아리로도 풀업(pull up)* 20개를 하던 적이 있었다. 하지만 나이와 운동 능력은 반비례하나 보다. 나이를 먹는 만큼 풀업의 개수는 줄어들었다. 철봉은 중력을 거스르는 운동이지만 몸은 나이를 거스를 수 없나 보다. 반면 나이를 먹는 만큼 늘어난 게 있다. 바로 운동 자체에 집중하기보다 보이는 모습에 집착하는 정도가 심해졌다. 채식의 영향 때문일까. 가족, 친척, 친구, 간만에 만난 사람들이 마른 몸에다가 한마디씩 던진다. 채식한다고 하면 걱정해 주는 마음은 고맙지만 안쓰럽게 보는 시선들이 싫다. 한 끗 차이인데 그 차이가 어디서 오는지는 나도 잘 모르겠다. 고기를 먹어야 힘이 난다는 말이 여름밤 모기처럼 귀를 맴돈다. 채식의 진실과 육식의 오해에 대해서 이야기할까 생각해 봤지만 입만 아플 것 같아 포기한다. 중력을 거스르는 철봉 운동처럼 채식에 대한 오해도 언젠가 풀리지 않을까.

보여지는 것에 대한 민감함 때문일까. 요즘은 단순히 풀업만 연습하지 않는다. 그럴싸해 보이는 머슬업 동작을 연습한다. 철봉을 잡아당겨서 철봉을 딛고 상반신 자체를 철봉 위로 올리는 동작이다. 새로운 동작을 익히는 즐거움과 함께, 언젠가 나를 은근 무시했던 육식인들 앞에서 머슬업 동작을 보여 주는 상상을 해 본다. '베지터블 파워'를 보여 주고 싶다.

* 정자세로 철봉을 잡고 몸을 끌어 올렸다가 내려오는 동작. 허리에 좋고 등과 어깨 근육 발달에 도움이 된다.

새내기 대학원생의 위기

건축 일을 할 때만 해도 도시락 싸는 일이 현실적으로 불가능해 페스코 베지테리언으로 지냈다. 어쩌다 풀타임 대학원생이 되고서, 비로소 비건에 도전하게 되었다. 대학원생이 되고 나서 가장 먼저 알아본 건 연구 주제가 아니었다. 학생 식당에 채식 메뉴 여부부터 알아보았다. 기대가 크면 실망이 큰 법. 소이가스가 있었지만 락토 오보 베지테리언 식단(달걀과 소젖 함유)이었고 비건은 먹을 수 없었다. 비건 채식 불가능! 어플을 통해 학교 주변 채식 식당을 검색했다. 열 개가 좀 안 되는 식당이 검색되었고 그중 반절만이 비건 메뉴가 제공되었지만 그마저도 거리가 멀었다. 복잡할 것 없이, 외부 환경에 의존하지 말자는 생각으로 요리를 하기로 마음먹었다.

'오늘은 내가 요리사!'

광고의 그는 오늘'은' 요리사였지만 나는 내일도 요리사, 모레도 요리사다. 비건 지향을 하게 되면 육식 천지의 이 세상에서 살아남기 위해서는 요리를 해야만 한다. 많은 사람들이 취미로 두는 요리. 나는 생존을 위해 요리한다.

자랑할 만한 요리 실력은 아니다. 무슨 용기인지 모르겠는데 요즘도 종종 아내에게 농담 반 진담 반 "비건 카페나 차릴까!?" 운을 띄운다. 일은 일대로, 요리는 요리대로 하는 게 시간이 아깝지 않은가.

거의 매일 도시락을 싼다. 솔직히 귀찮다. 도시락을 싸기 위해 재료를 손질하고 요리하는 것도 일인데 그걸 들고 한 시간 거리에 있는 대학원 연구실에 가는 일은 더욱 험난하다. 지하철과 버스를 갈아타고 두 다리로 뚜벅뚜벅 걸어 연구실로 통학한다. 집에서 연구실까지 통학만 하더라도 1만 보다. 한 손에는 가방을, 한 손에는 도시락을 들고서 매일 1만 보를 걷는다. 매번 요리하는 것도, 양손에 짐을 가득 들고서 다니는 것도 고되다.

흑암같이 어두운 비건 대학원생의 생활에 한줄기 빛이 보였다. 저렴하고 맛있는 비건 음식점을 찾았기 때문이다. 엄밀히 말하면 논비건 식당인데 주문 제작이 가능해서 비건 음식도 먹을 수 있는 곳이었다. 거리도 가까웠다. 이 식당을 발

견하고 2년간 큰 걱정 없이 대학원을 다닐 수 있겠다는 안정
감이 생겼다.

달걀을 뺀 돌솥비빔밥을 주문했다. 잠시 후 주문한 돌솥비
빔밥이 나왔다. 밥, 각종 채소, 고추장이 버무려져 돌솥에 담
긴 모습이 먹음직스럽다. 모락모락 김이 나는 돌솥비빔밥을
보자 입안에 군침이 돌았다. 이후로 도시락을 싸 가는 날이
아니면 이 식당에 가서 돌솥비빔밥을 먹는다. 매일 돌솥비빔
밥만 먹냐고? 가끔 햄과 달걀을 뺀 김밥과 떡볶이를 주문해
서 먹기도 하지만 거의 매번 돌솥비빔밥을 먹는다.

자주 가다 보니 식당 사장님과 안면도 트고 대화도 자주
나누게 되었다. 한 학기 만에 식당 사장님의 족보를 알게 되
었다. 동생 분이 남해에서 농사를 지으면서 산다는데 그 덕
을 내가 본다. 해초 초장 무침이 올라오기도 하고 손수 산에
서 뜯은 제철 나물 반찬들이 식탁에 오른다. 이외에도 과일
이나 채식 한과, 부침개, 고로쇠차 등을 돌솥비빔밥 옆에 슬
쩍 끼워 주신다. 계절이 바뀔 때마다 제철 나물들을 챙겨 주
고 과일과 후식을 챙기던 엄마가 생각난다. 다른 식당에서
느낄 수 없는 정이 느껴진다. 사장님은 이 마음을 아셨는지,
아니면 노리셨는지 모르겠는데 나를 아들이라 부른다.

"아들~ 이거 먹어 봐, 아들이 좋아할 것 같아."

처음 보는 사람들이 나를 그렇게 부르면 불편할 텐데 사장님이 아들이라 부르는 게 싫지 않다. 아마도 실제로 정을 담아 불렀기 때문일 것이다. 그래도 식사 후에 항상 계산은 하고 나온다. '엄마'도 그걸 말리시지는 않는다.

어쩌다 식당 하나를 잘 찾아서 2년 대학원 생활을 무사히 마칠 수 있겠다는 생각이 들었다. 그런데 21세기 대한민국 대학교에 비건 메뉴 하나 없는 게 정상일까.* 나 말고도 많은 비건 지향 대학(원)생들이 많을 테다. 그들도 아마 나처럼 비건 음식점을 찾아 헤맬 것이다. 결국에는 소수의 비건 옵션 음식점을 반복적으로 방문하게 될 것이다. 이것이 바로 비건 지향인이 '단골손님'이 되어 가는 과정이다. 아마도 대다수 비건 지향인들에게 이런 따뜻(?)하지만 슬픈 에피소드가 있지 않을까?

* 2021년 기준, 대학교 내 학생 식당에서 비건 메뉴를 제공하는 곳은 서울대와 동국대가 있다. 전국의 대학교(전문대학 포함)가 327개인 걸 감안하면 대학교 내 채식 환경은 열악한 상황이다.

부록 : '단계 채식'에 대하여

채식 초기에는 마치 게임 퀘스트를 마주하는 기분이었다. 예를 들면 돼지의 현실을 알게 되면서 돼지를 먹지 않게 되었고 소의 고통을 알게 되면서 소와 우유를 먹지 않게 되었다.

처음부터 비건 지향인으로 살아가는 사람들도 있지만 나처럼 페스코 베지테리언에서 락토 오보 베지테리언, 비건 지향으로의 과정을 밟는 사람이 꽤 있을 것이다.

실제로 내가 채식주의자라고 밝히면, 대다수의 사람들은 내게 묻는다.

"그럼 뭐까지 안 먹는 거예요? 혹시 생선도 안 드세요?"

"그 이름이 뭐더라? 혹시 최고 단계(비건)…이신 거예요?"

사람들은 채식 여부를 물으면서 나의 '채식 단계'에 대해서도 궁금해한다. 많은 이들이 채식 종류를 채식 단계로 인식하는 경향이 있다. 초반에는 나도 그랬다. 왜냐하면 육식에 이미 길들여진 사회에서 채식은 일종의 제한적인 행위로 받아들여지기 때문이다.

세계채식인연맹(IVU) 홈페이지를 비롯한 많은 자료에서 먹는 식단에 따라 채식주의 종류를 소개한다. 포털 사이트에 '채식 종류'를 검색해 보면 한눈에 알아볼 수 있도록 이미지로 표현된 표를 볼 수 있다.

먹지 않는 동물성 식품이 늘어날수록 비건에 가까워진다. 표 자체도 단계 혹은 위계를 내포하고 있다. 특히 폴로 베지테리언과 페스코 베지테리언은 단계 채식의 위계를 상징적으로 나타낸다. 돼지와 소 등을 먹는 이는 채식주의자로 분류하지 않는다. 그러나 조류나 어류를 먹는 이는 채식주의자에 포함된다. 이상하지 않은가?

짐작건대 철학자 피터 싱어가 주장하는 동물해방론 영향 때문일 것이다. 피터 싱어는 대상의 '쾌고감수능력'(쾌락과 고통을 느낄 수 있는 능력)에 따라 윤리적인 행위를 결정한다. 고통을 느끼느냐가 가장 중요한 지점이 되는 것이다. 즉, 고통으로 위계를 나눈다. 공리주의에 따른 피터 싱어의 동물해방론은 일종의 '고통 측정론'으로 볼 수 있다. 물론 피터 싱어가 제시한 쾌고감수성 기준은 동물해방론의 훌륭한 역할을 해 왔다. 하지만 고통으로 또 하나의 위계를 만들어냈다는 점에서 인간 중심의 사고관을 여전히 탈피하지 못했다고 평가할 수 있겠다.

나는 왜 돼지와 소는 먹지 않으면서 물살이는 먹었던 걸까? 물살이의 고통과 죽음은 돼지나 소의 고통과 죽음보다 작다고 생각했기 때문일까? 아니면 물살이의 참혹한 현실이 돼지나 소에 비해 덜 알려졌기 때문이었을까? 둘 다였던 것 같다. 물살이는 고통을 느끼더라도 고통의 크기가 돼지나 소에 비해 작을 것이라고 생각했다. 비명을 지르지 않으니까.

고통으로 위계를 나눈다는 것은 굉장히 간편한 방식이지만 인간 중심적인 사고다. 고통의 정도를 누가 결정할 수 있는가? 과학이 결정하는가? 타자의 고통과 상황은 함부로 측정하거나 판단할 수 없다.

Part 4   동물을 'OO'한다는 것

반려동물 무료 전시회에 초대합니다

애완동물에서 반려동물, 반려동물에서 동거동물이라는 단어까지 생겨났다. 애완동물은 한자로 愛玩動物, 반려동물은 한자로 伴侶動物, 영어로 companion animal이다. 동거동물은 同居動物, cohabitation animal이다. 애완동물의 완(玩)은 '완구'의 완과 동일한 한자다. 애완동물은 동물을 장난감 혹은 놀잇감으로 여긴다는 것을 의미한다.

사용된 단어만 보자면 '애완'이라는 단어에는 인간과 비인간동물 사이에 위계가 존재한다. 반면 '반려'와 '동거'에는 평등의 의미가 담겨 있다. 반려동물은 짝이라는 뜻이고, 동거동물은 함께 사는 동물이라는 뜻이다. 하지만 여기에서 역지사지를 해 보자. 동물 입장에서 인간을 짝으로서, 함께 사는동물로서 택한 것일까?

동물이 인간의 집으로 들어오는 과정을 통해 우리는 현

실을 직시할 수 있다. 동물은 네발이 아니라 두 발로 들어온다. 사람이 동물을 케이지나 가방에 담아 오기 때문이다. (간혹 길고양이나 유기견이 집으로 들어오는 경우가 있지만 극히 드물다.) 이때만큼은 인간은 신이 된다. 반려와 동거를 선택하는 건 인간의 전적인 권리다. 곰곰이 생각해 보면 동물 앞에 붙인 반려와 동거 같은 단어들은 인간의 마음을 편하게 하려고 만들어낸 단어 아닐까?

반려동물의 사전적 의미는 '사람이 정서적으로 의지하고자 가까이 두고 기르는 동물'이다. 다시 말해, 반려동물은 애초에 '동물'을 위함이 아니라 '사람'을 위해 존재한다.

반려동물과 인간의 권력관계를 잘 드러내 주는 공간이 바로 SNS다. SNS에는 귀엽고 예쁜 동물의 모습으로 도배되어 있다. SNS뿐이겠는가. 포털 사이트 메인의 동물 카테고리를 보자. 이모티콘도 마찬가지다. 동물은 귀여워야만 하고 예뻐야만 한다.

동그란 눈망울, 쫑긋 선 귀, 사람을 바라보는 아련한 눈빛, 통통한 엉덩이, 풍성한 털, 짧은 다리, 쭉 뻗은 다리, 세차게 흔드는 꼬리, 몽롱한 눈빛을 비롯한 특유의 행위들. 모두가 그렇진 않겠지만 대다수 사람들은 이러한 강아지와 고양이의 모습에 미소를 짓는다. 어쩌면 귀엽고 예쁘다고 생각하는 감정은 다분히 자연스러운 걸지도 모르겠다. 나조차도 그런 감정을 매일같이 경험하니까. 하지만 동물을 보고 느끼는 감정이 SNS 게시 행위로 연결되는 이유는 무엇일까?

동물원, 수족관 등에 있는 동물을 우리는 전시동물이라 부른다. 오늘날 반려동물은 '전시화'되었다. SNS 활동의 자기애가 반려동물에게도 발현된 것이 아닌지 심히 우려된다. 각종 개량된 품종묘와 품종견의 출현 그리고 이를 소유하기 위해 애쓰는 현실은 이를 방증한다.

SNS에 동물을 전시하는 행위는 또 다른 위험성을 함의한다. 동물은 말이 없다. 그 누구도 동물에게 사진을 허락 맡고 올리지 않는다. 동물에게 초상권이 있냐고 되물을 수 있다. 동물이 직접 초상권을 따질 수는 없을 것이고 게시물을 올리는 행위를 통해 동물이 입는 직접적인 손해나 불이익은 없어 보인다.

다만 인간이 동물을 대상으로 하여 사진을 맘껏 찍고 올릴 수 있다는 것에는 권력이 숨어 있다는 위험성을 인식해야만 한다. 인간 종의 특권이 만들어내는 폭력을 발견할 필요가 있다.

우리는 동물을 좋아한다면서 동물의 귀여운 모습만을 찾는다. 반드시 알려져야 하는 동물의 현실은 SNS에 잘 보이지 않는다. 개, 고양이 이외 종은 SNS에서 거의 사라졌다. 그 누구도 사육장과 도살장의 돼지를 들여다보거나 SNS에 게시하지 않는다. 동물의 현실을 나타내는 피, 칠갑, 악취, 괴성 등은 가려진다. SNS를 통해 우리가 동물을 대하는 태도는 실제로 현실 세계에서 우리가 동물을 대하는 태도와 매우 흡사하다.

SNS와 인터넷 상에서 펼쳐지는 강아지와 고양이 무료 전시회. 우리는 이 전시회를 열고 초대받고 초대에 응한다. 전시하는 이유, 전시에 우리 시선이 머무는 이유를 되짚어 볼 필요가 있지 않을까?

이쯤 되면 '사지 말고 입양하세요'라는 구호를 외치기보다는 진정 동물 입양이 필요한 일인지 우리 사회에 되물어야 한다. 물론 돌봄이 필요한 개체들이 존재한다. 이미 함께 살고 있는 반려동물을 위해서라도 반려동물 보호자 교육은 필요하다. 하지만 반려동물을 입양해서 키우는 걸 권장해야 할 일인지에 관해서는 여전히 의문이 남는다.

'또 다른 동물'을 희생시키는 반려동물 산업

번식장과 함께 반려동물 산업을 지탱하는 또 하나의 큰 축은 반려동물 사료 산업이다. 반려동물 사료와 간식은 돼지, 소, 닭, 말, 오리, 연어, 참치 등 수많은 동물을 원료로 한다. 반려동물과 함께 사는 일은 또 다른 동물을 희생시키는 일이기도 한 것이다. 동전의 양면과 같다.

동물 사료를 만드는 주된 방법은 렌더링이다. 렌더링은 모아 놓은 동물 사체를 갈아 넣은 뒤 고온·고압으로 처리, 분말로 만드는 것을 일컫는다. 렌더링 업자들은 죽었거나 죽어가고 있거나 병에 걸렸거나 불구가 된 동물을 수거한다. 예를 들면 도살장에서 병이 들었거나 불량품으로 판정된 동물, 동물병원과 보호소에서 안락사당한 개와 고양이 사체, 로드킬 당한 동물 사체, 동물원에서 죽은 동물까지 수거한다. 사람이 먹는 육류로 만들어졌지만 오염되거나 상한 상품도 수거한다.

『개, 고양이 사료의 진실』에 나오는 미국 내 거대 렌더링 회사인 '베이커코모디티'는 정기적으로 보호소와 동물병원에서 죽은 동물을 수거한다. 캐나다에서도 안락사된 개와 고양이 사체를 렌더링 원료로 사용하는 것은 합법이다.

과연 해외만 그런 걸까? 2019년 제주도청이 제출한 자료에 따르면 제주도 직영 동물보호센터는 약 9개월 동안 자연사한 1,434마리와 안락사한 2,395마리의 유기견 사체를 렌더링 처리했다.

렌더링하지 않은 사료를 구분하여 구매하면 되지 않느냐고? 그렇다면 그 사료는 무엇으로, 어떻게 만들어지겠는가? 동물을 먹이기 위해 또 다른 동물을 죽이는 것은 매한가지다.

나는 동물을 입고 있었다

중학생 때는 오리털 패딩이 유행이었다. 고등학생이 되자 거위털 패딩이 유행하기 시작했다. 오리털보다 거위털이 보온성이 높고 가볍다는 이유였다.

겨울이 되면 우리는 교복 위에 등산복을 입고서, 산이 아니라 학교로 향했다. '북쪽 얼굴'이라는 브랜드가 가장 흔하고 비쌌으며 검은색 패딩이 인기가 많았다. 패딩에도 레벨 같은 게 있었는데 700Fill, 800Fill 이런 식이었다. 필파워는 복원력을 뜻하는데 숫자가 올라갈수록 복원력이 우수하다. 더 따뜻하다는 뜻이다. 부유층 친구들은 당연히 복원력 수치가 높은 패딩을 입고 다녔다. 나는 '자연환경보호 옹호론자'라는 뜻을 지닌 브랜드의 패딩을 구매했다. 덕분에 떨지 않고 겨울을 보냈다. 이게 시작이었다. 그 후 나는 2년에 한 번 꼴로 구스다운 제품을 구매했고 열 번이 넘는 겨울을 구스다운과 함께 보냈다.

어느덧 날씨가 싸늘해져 찬바람이 불기 시작한다. 겨울이 온 것이다. 월동 준비를 위해 옷장을 뒤적였다. 발열 내의, 스웨터, 니트도 보이지만 패딩 코트와 패딩 점퍼로 가득하다. 채식 이전에는 옷을 고를 때 디자인과 색깔을 봤다. 채식 이후에는 보이지 않던 게 보이기 시작했다. 바로 소재다. 무엇으로 만들어졌는지 관심을 갖게 되었다. 물론 그렇다고 멋을 포기한 건 아니다.

겨울 패딩 겉감과 안감의 소재는 대부분 나일론이나 폴리에스터다. 우리가 흔히 아는 '슥' 소리가 나는 비닐 같은 소재다. 패딩이 따뜻한 이유는 겉감 때문이 아니다. 보온성의 비밀은 충전재에 있다. 충전재에 사용되는 소재는 오리털, 솜, 거위털 등이다. 오리털 패딩은 충전재로 오리털을, 구스다운은 충전재로 거위털을 사용한다.

그 털은 어떻게 생산되었을까? 패딩 한 벌당 10~15마리의 털이 들어간다. 이 어마어마한 충전재 양은 어떻게 생산될까? 반려동물 미용을 상상하면 안 된다. 사람은 손으로 거위와 오리의 털을 뜯는다. 죽은 동물 털을 뜯는 게 아니다. 산 채로다. 오리와 거위는 생후 10주부터 솜털을 뜯기기 시작한다. 사료를 강제로 먹이고 털이 다시 나면 다시 뜯어낸다. 고통의 연속이다. 사람으로 치면 살아 있는 사람의 머리카락을 손으로 잡아 뜯는 것과 같다. 머리카락이 뽑히는 고통이 상상되는가? 거위라고 고통을 느끼지 못할까? 덜 아플까? 이는 생산이 아니라 학대이자 착취이다.

나는 2년에 하나꼴로 구스다운 패딩을 구매했다. 십 년간 총 50~70마리의 털을 구매했다. 50~70마리 고통의 가해자였다. 진실은 나의 무지 속에 가려져 있었다. 진실을 알게 되고 다시 옷장 안 구스다운을 보자, 들리지 않던 비명이 들리기 시작했다. 고통의 날갯짓이 보이기 시작했다. 내가 따뜻하게 보냈던 그 모든 겨울, 동물들의 고통은 패딩 겉감에 가려졌고 자본주의에 가려졌다. 나는 동물을 입고 있었다.

비건이 되고서 명품 가죽 지갑과 가방, 그리고 구스다운 패딩을 처분했다는 글을 본 적이 있다. 참 멋진 결단이라고 생각했다. 부끄럽게도 아직 난 처분할 용기는 없다. 내게 채식의 과도기가 필요했듯 비건 패션에도 과도기가 필요하다. 기존에 있던 구스다운 패딩을 버리진 않을 것이다. 하지만 앞으로 '절대' 구스다운을 구매하지 않겠다고 다짐했다. 구스다운뿐만 아니라 동물의 털과 가죽이 사용된 제품을 구매하지 않을 것이다. 기회가 되면 가지고 있던 구스다운 패딩들도 의미 있게 처분할 것이다. 올겨울에는 구스다운을 입을 때마다 애도할 것이다. 그간 무지 속에 행했던 동물 학대를 반성할 것이다. 애도와 반성이 삶에 이어질 수 있도록 고민하고 실천할 것이다.

오늘도 멋지고 아름다운 모델들이 구스다운 패딩을 입고서 우릴 유혹한다. 유혹에 넘어가는 순간, 비명은 커지고 고통의 날갯짓도 늘어난다. 부디 그 유혹에 넘어가지 않길 바란다. 패딩 속에 가려진 동물의 고통을 보아 주길.

동물 착취 소재

가죽, 스웨이드, 악어가죽, 양모(wool), 실크, 캐시미어, 알파카, 양털(fleece)

(플리스(후리스) 같은 경우 예전에는 실제 양털로 만들어졌는데 요즘은 퍼 라이크 소재 폴리에스터로 만들어지는 플리스가 많다. 품질 보증 태그를 보면 알 수 있다.)

착한 패딩은 없다

겨울이 오고 있나 보다. 창밖 풍경도 겨울을 알리지만 휴대폰이 겨울을 먼저 알아챘다. 겨울이 오면 페이스북에 특정 브랜드 패딩 광고가 뜬다.

인터넷 댓글을 보면 우리 사회와 시민들이 동물을 어떻게 다루는지 관찰할 수 있다. 동물은 상품으로 인식되고 멋과 맛을 위한 자원에 불과하다. 윤리라는 단어로 그럴싸해 보이지만 결국 동물은 식품으로 여겨진다. 식용이라면 사육 및 도축이 되어도 괜찮다는 인식, 이것이 우리 현실이다. 털은 도축으로 인한 '부산물'로 인식되는 수준이다. 동물 복지는 과연 '윤리적'이고 정당한가?

몇 해 전부터 겨울이 오면 패딩에 관한 기사를 보게 된다. 우리가 입고 있는 패딩이 살아 있는 거위나 오리의 털을 뜯어서 만들었다는 사실을 고발하는 기사다. 간혹 영상을 첨부한 뉴스도 볼 수 있는데 굉장히 충격적인 장면이 나온다. 그래서였을까. 기업에서는 윤리적인 패딩, 착한 패딩이라며 새로운 상품을 만들고 홍보하고 판매한다. 동물 복지. 윤리적인. 우리는 단 네 글자에 속아 또다시 동물을 학대의 자리로 내몰고 있다. '동물 복지'에 속아서는 안된다. '윤리적인 패딩'이 과연 윤리적일까?

윤리적인 패딩, 동물 복지 패딩 인증은 어디에서 누가 하는 걸까? 동물 복지 축산물은 농림축산검역본부에서 맡아 인증하고 있다. 하지만 패딩에 붙은 각종 '윤리적인' 인증 마크는 국가에서 관리하지 않는다. 전부 기업 자체적으로 만든 인증 시스템이라고 봐도 무방하다.

RDS인증은 의류에 관련하여 가장 흔하고 널리 알려진 동물 복지 인증이다. RDS(Responsible Down Standard)란 다운 생산 과정의 안정성 및 동물 학대 여부를 확인하여 동물 복지를 준수하는 다운 및 제품을 인증하는 프로그램으로, 우모의 채취부터 완제품 생산까지의 전 공정은 현장 심사와 추적 시스템을 통해 관리된다. RDS의 인증 범위는 전체 다운 공급 체인망을 포함한다. 이 공급 체인망에는 농장 및 도축 시설(동물 복지)부터 다운 프로세싱 및 봉제 공정(추적성)까지 포함된다.

　　RDS 인증된 다운은 다음을 보증합니다.

　　- 강제 먹이 주입과 살아 있는 거위의 털 채취 금지

　　- 농장 사육 동물의 다섯 가지 자유로운 환경을 바탕으로 한 동물 복지

　　- 전체 공급 체인의 투명한 추적 시스템

　　TE, 노스페이스, 컨트롤 유니온이 함께 RDS 기준을 개발하고 독립된 제 3자 인증기관에서 농장부터 각 서플라이 체인까지 인증을 받는 구조로 되어 있습니다. RDS 인증은 오직 컨트롤 유니온 코리아에서 만나실 수 있습니다.

출처: 컨트롤 유니온 코리아

　　동물 복지를 준수하는 다운 및 제품에 대한 인증 프로그램이라고 소개한다. 마치 동물 학대 없이 채취하는 것처럼 적어 놓았지만 오리와 거위를 사육하는 것부터 학대다. 살아 있는 거위의 털 채취를 하지 않는다면 동물 학대가 아닌가? 강제 먹이를 주입하지 않았다고 하여 학대가 아니라고 할 수 있을까? 가두어 놓고 동물답게 살지 못하게 하는 사육 환경 자체가 동물 학대다. 그렇게 사육한 동물을 먹고 입고 신는

건 착취다. 동물 복지는 철저히 인간의 기준에서 정의된다. 동물 복지 농장의 거위와 오리도 결국엔 먹히기 위해 사육되고 날카로운 칼날에 찔려 피를 쏟으며 생을 마감한다. 그리고 인간의 입 속으로 들어간다. 거기에서 나온 털은 정말 동물을 학대하지 않은 털인가?

착한 패딩은 없다. 마케팅에 불과하다. 현시점의 동물 복지는 고문의 강도를 낮추는 것에 비유할 수 있다. 고압 전기 고문보다 저압 전기 고문이 덜 괴롭겠지만 그걸 가지고서 복지를 논할 수 없다. 동물 복지는 잔인한 학대와 착취의 현실을 가린다. '동물 복지', '윤리적인'이라는 홍보 마케팅에 속지 말아야 한다.

요즘 동물의 털을 사용하지 않은 '비건 패딩'이 다양하게 출시되고 있다. 웰론, 신슐레이트, 프리마로프트 등 인공 충전재다. 사실 소비를 하지 않는 것이 결국에 이 지구와 지구를 딛고 사는 모든 동물을 위한 일이지만, 어쩌겠나. 어쩔 수 없이 소비를 해야 한다면 그나마 덜 해를 끼치는 상품을 사야 하지 않을까. '동물 복지' 흉내만 내는 동물 복지 의류 말고, 진짜 동물 학대 없는 비건 패딩을 구매하자.

순이 잘 지내요?

우리는 보통 외출하는 김에 분리수거를 한다. 그날도 우리
는 분리수거를 하기 위해 오피스텔 지하 1층으로 갔다. 분리
수거장에서 박스에 붙은 테이프를 떼어내며 분리수거를 하
고 있었다. 한창 박스를 정리하고 있는데 관리소 미화 직원
분이 가까이 오시더니 그냥 버려도 된다고 하셨다. 그렇게
가려던 차에 문득 지하 1층 주차장에 사는 '서희'가 떠올랐
다. 나는 물었다.

"서희 잘 지내나요?"

직원으로부터 충격적인 사실을 듣게 되었다.

서희는 우리 오피스텔 지하 주차장에 사는 고양이다. 작
년에 오피스텔로 이사 오면서 우리를 반겨 준 건 관리사무소
직원도 아니었고 옆집 사람도 아니었다. 바로 지하 1층의 서
희였다. 사실 서희가 우릴 반긴 건 아니었을 것이다. 이방인

이었던 우리가 서희를 보고 반가운 마음이 들었던 것이다.

동숭동에 살면서 수많은 고양이 친구들과 낮과 밤을 가리지 않고 놀았기에 서희를 보는 순간 무척이나 반가웠다. 동시에 매우 의아했다. 공원이나 건물들 사이에서 자리 잡고 살아가는 길고양이는 익숙했지만 오피스텔 지하 주차장에 사는 고양이라니. 어찌 된 영문인지 몰랐지만 마음이 쓰였다. 이후로 눈에 보일 때면 집에 들어가서 냉장고에 쟁여 둔 사료와 츄르를 가지고서 다시 지하 주차장으로 내려왔다. 사람 손을 많이 타진 않았는지 가까이 다가오지는 않았다. 사료와 간식을 주차장 한쪽에 놓아 주었더니 서희는 눈치를 보며 호기심을 보였다. 우리 부부도 함께 눈치를 보기 시작했다. 우리는 멀찍이 떨어져 자동차 뒤로 숨어 힐끔힐끔 쳐다보았다. 서희는 슬금슬금 다가와 먹기 시작했다.

동숭동을 떠나오며 길고양이를 정기적으로 돌보는 일은 하지 않아야겠다고 결심했는데도 불구하고 마음이 쓰였다. 1층 경비실에 찾아가 매우 조심스럽게 말을 건넸다.

"아저씨, 지하 1층에 고양이가 살던데 혹시 돌보시는 분들이 있나요?"

'조심스럽게' 말을 건넨 이유는 고양이라는 동물이 우리 사회에서 호불호가 매우 강한 동물이기 때문이다. 캣맘과 캣대디처럼 고양이를 지극히 사랑하고 돌보는 무리가 있는 반면, 고양이를 학대하고 잔인하게 죽이기까지 하는 무리도 있기 때문이다. 아마도 경비 아저씨께서는 매우 긴장하셨을 테다. 내가 어떤 사람인지 의심스러웠을 것이다. 나의 질문을 들으며 말투와 사용하는 단어 그리고 행색과 외모를 순식간에 종합적으로 판단하고 계셨던 것 같다. 약간의 정적이 흘렀다.

"왜요? 무슨 일 있나요?"

"아니요. 지하에서 고양이가 어떻게 사나 걱정도 되고… 그런데 통통해서 돌보는 분이 있는지 궁금해서요."

경비 분은 긴장을 풀었는지 자식 자랑하듯 서희 양육 일기를 풀어내기 시작하셨다. 서희가 지하 주차장에 산 지 오래됐고 관리소 미화 직원이 밥도 주고 중성화 수술까지 시켰다고 한다. 중성화 수술 이전에는 출산한 새끼를 아는 사람들에게 입양까지 시켰다고 한다.

이후 지하 주차장을 오가면서 서희가 주로 생활하는 공간이 지하 주차장 한편 창고 같은 곳에 있다는 사실도 알게 되었다. 안을 들여다보니 캣타워와 스크래처가 놓여 있었다. 길고양이를 볼 때마다 늘 빚진 마음이 있는데 캣타워를 보자 마음속 한편에 있던 괜한 부채감이 사라지는 기분이었다. 어느 날에는 아주머니를 졸졸 따라다니는 서희를 보기도 했다. 괜히 흐뭇해졌다. 이후로는 서희가 눈에 보여도 인사 정도만 건네고 따로 간식이나 사료를 챙기진 않았다. 그게 불과 몇 개월 전의 이야기다. 서희 잘 지내냐는 나의 물음에 아주머니는 발걸음을 멈추며 말했다.

"우리 순이 아세요? 우리 순이 여기 떠난 지 3개월 됐어요."

서희의 이름은 순이였다. 순이의 이름을 지어 준 이는 건물 미화를 관리하는 직원 분이었다. 캣타워를 놓아 준 이도 바로 그였다. 그냥 순이도 아니었고 '우리 순이'라 불렀다.

직원 분은 '떠났다'라고 했지만 사실은 '버려졌다'. 사정은 이러했다. 자동차 보닛 위에 종종 오르던 순이의 발자국 흔적으로 몇 번 민원이 들어왔었다고 한다. 아마도 추운 겨울에 따뜻한 곳을 찾아다니다가 자동차 보닛 위로 올라간 것 같다. 오피스텔에 오래 산 사람들은 순이의 존재를 알고 있었거니와 종종 사료나 간식을 챙길 정도로 마음을 썼다고 한다. 하지만 모든 주민이 서희에게 호의적이진 않았을 것이다. 몇몇의 주민은 지속적으로 관리소에 민원을 넣었고 직원은 순이가 차에 올라가지 못하도록 졸졸 따라다니며 설득(?)하려고 노력했다고 한다.

순이에게 설득이 먹히지 않자 직원은 고민 끝에 기발한 생각을 하게 된다. 바로 '목줄'이었다. 고양이에게 목줄이라니. 말도 안 되는 일이었지만 목줄을 맨 직원의 마음이 헤아려졌다. 하지만 순이가 목줄을 차고 있는 내내 우는 바람에 목줄을 풀어 줄 수밖에 없었다고 한다. 아무것도 모르는 순이와 좌불안석의 직원 마음이 상상되어 속상했다.

이후로 언젠가 직원은 사흘간 개인 사정으로 일을 쉬었다. 한파가 닥친 1월이었다. 사흘간 쉬고서 다시 돌아왔을 때 순이는 사라졌다. 창고에 있던 캣타워도 분리수거장에 꺼내어져 폐기 처분되었다. 나도 당시 분리수거장 옆에 놓인 캣타워를 봤다. 당연히 새로운 캣타워를 구입해서 사용하던 캣타워를 버렸다고 생각했다. 하지만 아니었다.

주민 중 한 명이 지속적으로 민원을 넣었고 결국엔 관리소장의 지시로 순이는 지하 주차장에서 쫓겨났다. 전화 몇 통으로 순이의 삶과 터는 지워져 버렸다. 분리수거장의 쓰레기처럼 말이다. 직원 분은 종종 순이가 사라졌다는 사실을 잊고 분리수거장과 창고를 맴돌며 습관처럼 순이를 부른다고 했다. 꼭 어디선가 다시 나타날 것 같다면서.

인간과 고양이의 공존을 위한 누군가의 노력은 모두 수포로 돌아갔다. 순이의 삶이 송두리째 변해 버리게 되었다. 고양이란 존재가 감히 자동차 보닛 위에 올라갔던 탓일까.

순이의 생사는 관리소만이 안다. 순이의 목에는 직원의 전화번호가 새겨진 목걸이도 있었다고 한다. 한동안 직원은 전화가 오기를 기다렸다고 한다. 간혹 TV에서 봤던, 집으로 돌아오는 반려동물들의 이야기처럼 순이도 기적처럼 돌아와 주길 기대했다고 한다. 하지만 순이는 돌아오지 못했다. 순이는 어디에 있는 걸까? 관리소에서는 그 한파에 순이를 어디에 버린 걸까? 새끼 때부터 사람의 보살핌을 받고 평생을 주차장 창고 한편에서 살았던 순이는 어느 날 갑자기 한 번도 가 본 적 없었을 어딘가에 버려졌다. 순이는 잘 살아가고 있을까. 아니… 살아 있을까.

봄이다. 땅에서 초록 풀들이 고개를 내밀고 앙상했던 가지에 새순이 돋는다. 생명의 기운을 뿜어내는 시기다. 꽃놀이라도 가야 할 것만 같은 날씨다. 동료 동물권 활동가들의 재판 방청 연대를 가던 바로 그날, 나는 순이가 더 이상 지하 주차장에 살지 않는다는 사실을 알게 되었다.

우리가 인식하지 못한 사이, 인간에게 불편을 준다는 이유와 인간의 이익과 편의라는 이유로 얼마나 많은 동물들의 생명이 지워져 가고 있는 걸까. 우리는 얼마나 많은 동물을 분리수거하고 있는 걸까.

먹는 동물 키우는 동물 따로 있나요?

복날이 되면 보신탕 집에 갔다. 나는 삼계탕(닭고기)을 먹었고 친구들은 보신탕(개고기)을 먹었다. 먹는 건 취향의 문제이고 강요할 수 없다고 생각했다. 나는 개고기를 먹는 친구들의 취향을 존중했다. 나는 반려견과 식용견은 다르다고 생각했다.

대한민국에서 '개고기'라는 단어는 매우 자연스럽다. 먹지 않는 사람만큼 먹는 사람도 많기 때문이다. 식용견에 관한 기사가 나올 때마다 댓글창은 늘 시끄러웠다.

"개고기를 먹는 문화는 전 세계적으로 중국과 한국뿐이다. 부끄럽다."

"개고기를 먹는 건 야만이다."

"왜 맨날 개만 못 먹게 하냐? 돼지, 소, 닭은 먹으면서 왜 개만 안 되는 거냐?"

"오늘 저녁 메뉴는 개고기."

그때 나를 뒤흔든 댓글은 개고기를 먹겠다는 댓글이 아니었다. 나를 뒤흔든 댓글은 왜 개만 못 먹게 하냐는 것이었다. 많은 사람들이 이 댓글에 혀를 찼다. 대화가 안 된다며 무시하자는 댓글부터 야만적이라는 댓글도 많았다. 하지만 이유에 대해서 제대로 답변한 댓글은 찾아보기 힘들었다.

나에게 강아지는 함께 사는 가족이었다. 개를 먹지 않는 이유는 필요하지 않았다. 먹지 않는 게 당연했다. 돼지는 함께 살지 않았고 돼지와 교감할 기회도 없으니, 돼지를 먹는 건 매우 당연하고 자연스러웠다. 개는 먹고 돼지는 안 된다는 논리는 무엇이냐는 댓글에, 내가 답해야 할 의무는 없었지만 스스로에게는 답해야만 할 것 같았다.

나름 그럴싸한 답을 떠올렸다. 세계적으로 돼지와 소와 닭은 먹고 개는 먹지 않으니까 개는 먹어서는 안 된다. 문화적 보편성에 따른다는 논리였다. 그렇다면 세계적으로 개를 먹는다면, 개를 먹어도 되는 일인가? 이 얼마나 모순적이고 무책임한 논리인가. 스스로도 그 답에 납득할 수 없었다. 나는 길을 잃고 헤매는 사람처럼 혼란스러웠다.

왜 나는 개를 먹지 말자는 주장에는 고개를 끄덕였는데 돼지와 소, 닭을 먹지 말자는 주장에는 '과하다'라고 생각했을까. 개와 돼지는 다르기 때문일까. 나는 채식 이전부터 오랜 기간 동안 이 문제를 고민했다.

개의 고통은 분명히 느껴지는데 돼지, 소, 닭의 고통은 와닿지 않는 이유는 무엇일까? 우리의 상상력이 부족하기 때문일까? 아니다, 보지 않았기 때문이다. 특별한 상상력이 필요치 않다. 보고 느끼면 된다. 유튜브 속 농장의 현실을 고발하는 다큐멘터리 한 편이면 충분하다. 개가 학대당하고 착취당하면서 고통을 느끼는 것처럼 돼지와 소, 닭은 농장에서 학대당하고 착취당하고 강간당한다. 개처럼 고통을 느낀다. 개 식용을 반대하는 이들이 개가 느끼는 고통을 이해하듯, 돼지의 고통도 느낄 수 있다. 고통은 실재하기 때문에 이해되기보다는 보여지고 느껴진다. 진정 돼지는 먹고 개는 먹어서는 안 되는 이유가 있을까. 개는 특별하고 돼지는 그렇지 않은가. 개와 돼지의 어떤 차이가 먹어도 되는 동물과 먹어서는 안 되는 동물로 구분되는가. 개와 돼지가 서로 다를지라도, 그게 돼지를 먹어도 되는 이유가 되진 않는다. 개를 먹지 않아야 하는 이유와 돼지를 먹지 않아야 하는 이유는 같다.

사람들은 개 농장 현실에 대해 익히 알고 있다. 눈으로 보고 귀로 들었기 때문이다. 반면 돼지, 소, 닭 농장 현실에 대해서는 무심하다. 이유는 무엇일까? 개 농장 영상을 보면 불편한 감정이 솟는다. 그 불편함은 보통 타인으로부터 비롯된다. 개를 사육하고 도살하고 팔고 먹는 이들이다. 타인의 사악함에 치를 떤다. 돼지, 소, 닭 농장의 영상을 보면 마찬가지로 불편한 감정이 솟는다. 하지만 개 농장 영상보다 훨씬 더 불편하다. 이유는 현실이 참혹하기 때문이기도 하지만, 영상이 주는 불편함이 자신으로부터 비롯되기 때문이다. 영상을 보는 그 순간만이 아니라 이후 일상도 불편해진다. 영상에서 본 농장 속 학대, 폭력, 강간, 착취는 식탁 위 고기를 마주할 때마다 떠오른다. 타인을 향한 비판이 아닌 자신을 향한 비판이기에 더 날카롭고 아프다. 그래서 우리는 스스로를 상처 주지 않기 위해 의도적으로 외면한다.

결국엔 논리 문제가 아닌 식탁 문제다. 개고기는 자주 먹는 음식이 아니다. 어쩌면 누군가에게는 살면서 한 번도 입에 대 보지 않은 음식이다. 하지만 돼지와 소, 닭은 거의 매일 식탁 위에 오른다. 개고기는 남의 식탁에만 오르지만 돼지, 소, 닭은 내 식탁에 오른다. 개고기를 먹지 말자고 주장하는 건 타인 식탁의 변화를 촉구한다. 강 건너 불구경이다. 반면 돼지, 소, 닭을 먹지 말자고 주장하는 건 일단 내 식탁을 변화시켜야 한다. 발등에 불이다. 타인의 일상을 변화하도록 요구하는 일은 외치면 끝나는 일이지만, 나의 일상을 변화시키는 건 외치는 것으로만 결코 끝나지 않는다.

개를 먹지 말자고 주장하는 이들을 자세히 들여다보면, 개를 이미 '먹지 않는' 사람들이기도 하지만 대다수 개를 '먹지 못하는' 사람들이다. 개고기를 좋아하지만 먹지 말자고 반대하는 이들은 거의 없다. 대부분 처음부터 개를 먹지 않았거나 개를 먹는 행위가 더 이상 자연스럽지 않은 사람들이다. 개와 교감을 했거나, 개도 사람처럼 감정이 있고 느끼는 존재라는 걸 어떤 방식으로든 인지했기 때문이다. 채식인도 마찬가지다. 고기를 먹지 '않는' 사람들이 아니라 고기를 먹지 '못하는' 사람들이다.

우리는 다른 동물과의 교감 능력도 회복해야 한다. 식탁 위에 고기가 오르기까지 수많은 과정이 가려져 있다. 식탁과 농장 그리고 도살장을 연결하는 능력이 필요하다. 개와의 교감을 식탁과 연결시켰듯, 우리는 돼지 비명 소리와 돼지고기가 올라가는 식탁을 연결해야만 한다. 매일 착취하고 학대하고 살해하고 강간하는 현실을 직시해야만 한다. 식탁 위 불편함을 마주하면 학살과 강간을 멈출 수 있다. 이제 우리의 용기가 필요하다.

구워지기 위해 태어난 생명은 없다*

식용, 오락, 실험으로 도살되는 돼지 개체 수는 다음과 같다. 호주 490만, 뉴질랜드 60만, 영국 1100만, 캐나다 2100만, 미국 1억 1800만, 중국 7억 1500만. 농림축산검역본부에 따르면 2019년 대한민국 돼지 도축 실적은 1782만 6천 두(頭)이다.

돼지는 축사에서 태어나 축사 혹은 도축장에서 생을 마감한다. 축사 안 돼지들은 교미할 수 없다. 인공수정을 통해 번식한다. 많은 양의 새끼를 낳기 위해서다. 결국 더 많은 '돈'을 위해서다. 인공수정 과정은 다음과 같다. 축사 일꾼들은 돼지의 수음(자위)을 통해 정자를 채취한다. 채취한 정자는 '돼지 황새'라는 도관을 이용해 암돼지에게 주입한다. 암돼지는 보통 30~40마리의 새끼를 출산하게 된다. 그중 10~18%가 이유기에 이르지 못하고 죽음에 이른다. 일단 출산하면서 사

망하는 사산돈이 많다. 그리고 출산 후 가장 작고 약한 새끼
는 죽인다. 경제적 가치가 낮기 때문이다. 갓 태어난 새끼 돼
지는 가볍다. 일꾼은 돼지를 들어 땅에 내려친다. 숨이 끊어
진, 혹은 숨이 끊어져 가고 있는 돼지들은 피를 흘린 채로 트
럭에 던져진다.

그렇게 죽은 새끼 돼지들이 처리되면 운 좋게 살아남은 돼
지들의 꼬리와 치아를 뽑는다. 과연 운이 좋다고 해야 할까.
꼬리와 치아를 뽑는 이유는 서로를 공격하기 때문이다. 그리
고 새끼 돼지들은 어미 곁에서 3~5주 정도를 지내며 모유를
먹는다. 3~5주가 지나면 어미와 떨어뜨린다.

살아남은 돼지들은 5개월 후 도살된다. 숙명이다. 그 어떤
돼지도 탈출할 수 없다. 5개월 동안 돼지들은 대소변을 눈 곳
에서 밥을 먹고 잠을 잔다. 어떤 돼지는 몸을 한 바퀴 돌릴 수
있을 정도의 공간에서 지내고, 어떤 돼지는 몸은 돌릴 수 없
고 앞뒤로 움직일 수 있을 정도의 공간에서 지낸다. 또 어떤
돼지들은 동족 돼지들의 피부를 맞닿은 채로 지낸다. 스트레
스로 인해 반복 행동을 하는 돼지도 있고 서로를 공격하는
경우도 있다. 그러다 종종 도살되기도 전에 축사에서 죽음을
맞이한다. 그리고 다른 축사에서는 똥오줌에 묻혀 질식사한
다. 돼지들은 그렇게 사육되고 있다.

그들이 축사를 떠난다. 난생처음이다. 목적지는 도축장. 도축장에 가기 위해 트럭에 오른다. 트럭 위 공간은 축사에서 지낼 때와 비슷하거나 더 좁다. 도축장으로 이동한 돼지들은 이제 곧 도살된다. 도축장 또한 그리 넓지 않다. 쇠붙이 펜스로 칸막이가 되어 있지만 먼저 도살될 돼지와 그다음 도살될 돼지를 분류하는 용도이다. 돼지들은 펜스 너머로 서로의 냄새를 맡는다. 마치 인사라도 하듯.

다큐멘터리에서는 호주를 예로 들었다. 호주에서 돼지를 도살하는 방법은 세 가지다.

첫 번째 방법은 감전봉으로 도살하는 것이다. 감전봉 도살 방법은 실패 확률이 높아 정부에서는 사용을 지양할 것을 유도하고 있지만 다른 방법들에 비해 경제적인 가치가 있기 때문에 많은 도축장에서 사용된다. 감전봉은 집게처럼 생겼다. 도축장 일꾼은 감전봉을 들고서 돼지의 목덜미나 귀 쪽에 가까운 옆구리를 집는다. 피부가 타들어 가면서 연기가 피어오른다. 그리고 돼지는 비명을 지른다. 누가 이 소리를 좋아하겠는가. 끔찍하다. 다른 칸막이의 돼지는 동료 돼지의 도살 과정을 목격한다. 본능적으로 도살장으로 들어가는 걸 거부한다. 하지만 일꾼은 돼지 엉덩이 쪽에 감전봉을 댄다. 돼지는 소리를 지르며 도살장으로 들어간다.

두 번째 방법은 침투식 가축총과 비침투식 가축총 도살법
이다. 총으로 도살한다. 총을 두개골 위에서 조준하여 발사
한다. 총을 사용하기 때문에 실패할 가능성이 있다. 조준을
잘해야 하고 사람이 총을 쏴야 하기 때문에 총을 발사하는
일꾼에 따라 성패가 달라진다. 총에 맞은 돼지는 감전봉에
감전된 돼지와는 조금 다른 모습을 보인다. 총을 맞은 돼지
는 시각적으로 봤을 땐 감전봉으로 도살되는 돼지보다 더 고
통스러워 보인다. 한 평 남짓한 공간에서 이리저리 탱탱볼처
럼 튀어 오른다. 좌우로 몸을 흔들고 발버둥을 친다. 발작이
잦아들면 일꾼은 칼을 돼지의 목에 쑤셔 넣는다. 돼지는 피
를 흘리며 숨을 거둔다.

　　세 번째 방법은 이산화탄소 질식법이다. 가장 인도적인 방
법이라고 생각하기 때문에 정부에서는 이 도살법을 권유한
다. 돼지 두 마리 혹은 한 마리를 운반 칸에 넣는다. 이산화탄
소 비율이 높은 가스실로 이동한다. 저농도 이산화탄소가 돼
지들의 고통과 스트레스를 줄이지만, 효율적이지 않기 때문
에 고농도 이산화탄소 질식법을 사용한다. 돼지는 고통스럽
게 죽어 간다. 눈, 콧구멍, 인후와 허파가 타들어 가며 죽는다.
몸집이 큰 돼지의 경우 의식을 잃지 않는 경우가 있는데 감
전봉으로 남아 있던 숨을 마저 끊는다.

이렇게 의식을 잃은 돼지들은 거꾸로 매달려 한곳에 모인다. 다른 일꾼은 그곳에서 칼을 목에 쑤셔 넣는다. 붉은 피가 흩뿌려진다. 거꾸로 매달려 있기 때문에 온몸의 피가 바닥에 떨어진다. 피가 다 빠진 돼지들은 뜨거운 물에 담는다. 가죽은 연해지고 털은 제거하기 쉬워지기 때문이다. 이때도 의식이 있는 돼지들이 있지만 결국 익사한다. 그리고 마지막으로 탈모기로 이동되어 털이 제거된다. 탈모기 안에서 돼지는 몇 바퀴 회전을 한다. 날카로운 날에 털은 제거된다. 이렇게 돼지들은 돼지고기가 된다.

도축 과정에서 부산물들이 있다. 돼지고기로 사용되지 못하는 가죽, 뼈, 발굽, 내장, 지방 등이다. 이것들은 라드(lard)가 되는데 식품이나 비누, 윤활제 등에 활용된다.

대한민국의 돼지라고 다를까? 마찬가지다. 동물보호법 제10조, 동물의 도살 방법에 관한 내용을 읽어 보면 알겠지만 동물보호법이 겉치레에 불과하다는 걸 알게 된다. 제10조에 따르면 "동물을 죽이는 경우에는 가스법, 전살법 등 농림축산식품부령으로 정하는 방법을 이용하여 고통을 최소화하여야" 한다고 되어 있지만 가스법과 전살법(감전봉) 역시 잔인한 도살 방법이다. '고통을 최소화'해야 한다는 개정안도 실효성은 없다. 반드시 의식이 없는 상태에서 다음 도살 단계로 넘어가야 하는데 이를 어떻게 증명할 것인가. 물론 이런 법안이 없는 것보단 낫다. 하지만 있다고 해서 실효성이 있진 않다. 좀 더 구체적이고 세부적인 법안들을 추가해야 한다.

우리 정부는 '동물 복지 축산농장' 인증제를 실시하게 되었다. 환경 면에서 일반 축사에서 사육된 동물보다는 낫다고 할 수 있겠지만, 어차피 동물 복지 농장에서 사육된 가축들의 운명도 '도살'이다. 법령에는 동물이 본래의 습성을 유지하며 정상적으로 살 수 있도록 관리하는 농장이 동물 복지 축산농장이라고 말한다.

하지만 농장에서 동물 본래의 습성을 유지하며 살 수 있을까?

동물보호법 제10조, 동물의 도살 방법

①모든 동물은 혐오감을 주거나 잔인한 방법으로 도살되어서는 아니 되며, 도살 과정에 불필요한 고통이나 공포, 스트레스를 주어서는 아니 된다. <신설 2013.8.13>

②「축산물위생관리법」 또는 「가축전염병예방법」에 따라 동물을 죽이는 경우에는 가스법·전살법(電殺法) 등 농림축산식품부령으로 정하는 방법을 이용하여 고통을 최소화하여야 하며, 반드시 의식이 없는 상태에서 다음 도살 단계로 넘어가야 한다. 매몰을 하는 경우에도 또한 같다. <개정 2013.3.23, 2013.8.13>

③ 제1항 및 제2항의 경우 외에도 동물을 불가피하게 죽여야 하는 경우에는 고통을 최소화할 수 있는 방법에 따라야 한다. <개정 2013.8.13.>

ⓒ국가법령센터

동물보호법 제4장 29조 (동물 복지 축산농장)

— 인증 표시 대상 축산물의 범위를 식육·포장육·우유·식용란 외에 그 가공품으로 확대한다.

— 동물이 본래의 습성을 유지하며 정상적으로 살 수 있도록 관리하는 농장을 인증하는 제도로 우리나라에는 2012년에 도입되어 2016년 기준 114개 농장이 인증했다.

— 다만, 인증 표시를 하기 위해서는 도축장 운송 시 동물보호법에 따른 구조 및 설비 기준에 맞는 운송차량을 이용하고, 도살할 때에도 동물의 고통을 최소화하기 위한 도살 규정을 준수해야 한다.

©국가법령센터

* 본 글은 다큐멘터리 〈DOMINION〉(지배자들)의 자료를 참고했다. 다큐멘터리 〈DOMINION〉은 www.dominionmovement.com/watch에서 무료로 시청할 수 있다. 한국어 자막이 제공된다.

1인 1닭, 하루 284만 대학살이 낳은 문화

5월 4일은 치킨데이(Chicken day)다. 치킨 먹는 날이 아니다. 여느 '데이'처럼 소비 진작을 목표로 한 날이 아니다. 다시 써 본다. 5월 4일은 2005년 UPC(United Poultry Concerns)에서 지정한 '닭 존중의 날'이다. 농장 닭의 삶에 대해 이 사회에 이의를 제기하고 존재로서 닭을 존중하기 위해 만든 기념일이다.

닭 대학살은 현재 진행형

애석하지만 아무리 생각해도 치킨데이는 치킨을 먹는 날처럼 들린다. 아마도 치킨은 닭이 아니라 우리 사회에서 바싹 튀긴 프라이드치킨으로 통용되기 때문일 테다. 실제로 국내에 삼겹살의 날, 한우의 날 등 육식 소비를 권장하는 날처럼 닭과 달걀 소비를 권장하는 날도 있다. 9월 9일, 바로 구구데이다. 하지만 굳이 구구데이가 아니더라도 우리나라에서 치킨과 달걀은 주요 식재료로 사용된다.

1인 1닭, 치맥, 치느님과 같은 단어들은 이 사회에서 닭이 놓인 위치를 적나라하게 보여 준다. 농촌진흥청 2020년 조사에 따르면 성인 1인당 닭고기 연간 소비량은 2017년 조사보다 1.2kg 늘어난 15.76kg이었다.

닭의 규격은 호수로 구분되는데 보통 5호부터 16호까지 있다. 호수 앞에 붙은 숫자에 100을 곱하면 호수별 무게가 된다. 5호는 500g, 10호는 1kg. 5, 6호는 주로 삼계탕에 쓰이고 7~9호가 튀김용으로 사용된다. 10호부터는 백숙이나 닭볶음탕과 같은 요리에 사용된다. 9호(900g)를 기준으로 1인당 연간 소비량을 계산해 보면, 대한민국 성인은 1인당 17.5마리 정도의 닭을 먹는다.

이번에는 하루 평균 닭 도살량으로 따져 볼까? 2021년 한 해 동안 10억 3천 5백만 마리의 닭이 도살되었다. 하루 약 284만 마리의 닭이 도살된다. 어마어마한 수치다.

닭 대학살을 방조하고 지원하는 정부

문제는 정부 차원에서 이 어마어마한 학살 산업을 방조할 뿐만 아니라 지원한다는 점이다. 정부 차원에서 다양한 경로로 지원하는데, 자조금은 정부가 축산업을 지원하는 하나의 사례라고 볼 수 있다. 축산자조금법에 따르면 축산자조금은 축산물의 안전성을 제고하고 소비를 촉진하는 등 축산업의 발전을 도모하기 위하여 축산업자가 납부하는 금액을 주요 재원으로 하여 조성·운용되는 자금을 말한다.

육계 농가의 경우 도살할 때마다 닭고기자조금관리위원회에 자조금을 낸다. 이는 2009년부터 시행되었다. 닭고기자조금관리위원회에 따르면 농가는 1마리당 육계 5원, 삼계 3원, 토종닭 10원, 육용종계 30원을 낸다. 그중 절반은 정부에서 부담한다. 즉 육계 열 마리를 도살하면 25원은 농가에서, 25원은 정부에서 자조금을 낸다. 2020년 자조금 예산안은 농가 거출금 22억 8천만 원, 정부 보조금 17억 2천만 원 등 총 40억 원이었다. 정부에서 닭 대학살을 지원하고 있는 것이다.

짧은 생, 기나긴 고통, 그리고 투쟁하는 닭

오늘날 닭의 현실을 보려면 어디로 가야 하겠는가? 도시에도 닭은 널려 있다. 닭은 농촌에서 사육되지만 주로 도시에서 소비되기 때문이다. 도시에는 한 집 건너 치킨집이 있을 정도고 한 건물에 치킨집이 두 개가 있기도 하다. 하지만 그 누구도 식탁 위 프라이드치킨을 한때 살아 있었던 닭이라고 애도하지 않는다. 침을 꼴깍 삼킬 뿐.

오늘날 닭의 현실을 마주하려면 양계장과 도계장으로 가야 한다. 닭은 30일 동안 좁은 배터리 케이지 혹은 공장형 무창 계사에서 사육된다. 사육 도중에 죽는 닭도 많고 살아 있는 경우더라도 기형 닭이나 피부병과 같은 온갖 질병에 걸린 닭이 많다.

30일이라는 시간이 지나면 도살장으로 가기 위해 닭장이 설치된 특수 화물차에 닭이 실린다. 노동자들은 닭의 얇은 다리를 능숙하게 손가락에 끼워 여러 마리의 닭을 한 번에 화물차에 싣는다. 아니, 닭장에 닭을 던진다. 이때부터 닭은 사투를 벌인다. 사람 손에 잡힐 때는 날갯짓을 하기도 하고 닭장에 실릴 때는 탈출하려고 하기도 한다. 하지만 결국 닭은 비좁은 닭장에 실린 채로 도살장으로 향한다.

일반인에게 도살장은 공개되어 있지 않아 도살 과정을 직접 목격하기란 쉽지 않다. 하지만 다큐멘터리 도미니언을 통해 그 과정을 살펴볼 수 있고 국내 도서 『닭고기 백과』에서도 도살되는 과정을 볼 수 있다.

도살장은 컨베이어 벨트가 돌아가는 공장이다. 먼저 족쇄(Shackle)에 닭을 거꾸로 건다. 이때 닭의 날갯짓은 심해진다고 한다. 내게는 이 과정이 살기 위한 일종의 저항이자 투쟁이라 여겨진다. 닭의 머리가 바닥을 향한 채로 컨베이어 벨트는 이동한다. 다음 순서는 전기 기절. 교류 전기를 닭의 뇌로 통과시켜 순간적으로 의식을 잃게 한다. 이후에는 자동 도살기 칼날을 거쳐 목 부위 경동맥이 절단되고 방혈된다. 이후 고온에 닭을 담그고 털을 벗긴다. 이렇게 도살된 닭은 가공 과정을 거치고 등급이 매겨진 뒤 식탁 위로 온다. 오늘날 우리가 마주하는 '1인 1닭'은 이토록 고통스럽고 기나긴 투쟁을 거친 닭이다.

차별 없는 죽음 : 무차별 살처분

때론 백 마디 말보다 한 장의 사진이 진실을 환히 비춘다. 살처분 사진을 처음 본 건 2017년이다. 채식하기 전이었다. 사진을 보며 '사람이 어찌 이리 잔인하고 악할 수 있을까' 생각했다. 분노의 화살은 사진에 담긴 방역복을 입은 이들과 정부를 향했다. 무언가 단단히 잘못되었다고 생각했다.

동물보호법은 허울뿐이다. 동물보호법 10조에 따르면 동물을 죽이는 경우에는 가스 도살법, 전기 도살법 등을 이용하여 고통을 최소화하고 반드시 의식이 없는 상태에서 다음 도살 단계로 넘어가야 한다. 매몰 또한 마찬가지다. 당연히 살처분도 매몰이든 도살이든 법에 따라야 한다. 하지만 대부분의 살처분 현장에서는 지켜지지 않는다. 동물은 생매장당하고 있다.

살처분은 병에 걸린 가축을 죽여서 없애는 일을 뜻한다.

가축 전염병 예방법에 따르면 우역(牛疫), 우폐역(牛肺疫), 구제역(口蹄疫), 돼지 열병, 아프리카 돼지 열병 또는 고병원성 조류 인플루엔자가 살처분에 해당하는 병이다. 병에 걸리지 않은 가축 역시 살처분 대상이 되기도 한다. 가축 전염병 매개체와 접촉하였거나 가축 전염병이 퍼질 것으로 우려되는 지역에 있는 가축도 때에 따라 살처분 대상이 된다. 결국 가축 전염병 예방법 20조에 따르면, 병의 감염 여부와 관계없이 감염병 확산 방지를 위해 살처분이 가능하다.

살처분 대상 가축 전염병은 법정 제1종 가축 전염병에 속해 있다. 치사율이 높고 백신으로도 감염 확산을 막기 어렵다는 이유로 살처분한다. 예를 들어 구제역은 직접 혹은 간접적으로 매우 빠르게 전파되는데 특별한 치료법이 없다. 구제역에 걸린 동물을 살려 두어 바이러스가 외부로 퍼지면 더 큰 피해를 불러올 수 있기 때문에 구제역에 걸린 가축을 살처분하여 바이러스의 전파를 차단한다.

2020년에만 920개의 농장에서 231,016마리에 전염병이 발생했다. 앞서 언급한 것처럼 병이 발생한 가축뿐만 아니라 주변 지역의 가축을 모조리 몰살하기 때문에 살처분 두수는 실제 전염병이 발생한 두수보다 훨씬 많다.

2000년부터 2019년까지 구제역 처리에만 3조 3436억

원이라는 예산이 소요됐다. 우리는 삼겹살 600그램을 만오천 원, 치킨을 이만 원 주고 먹는다고 생각한다. 하지만 우리가 내는 세금을 고려해 본다면, 동물을 키우고 잡아먹는 대가는 결코 일이만 원으로 끝나지 않는다.

2000년부터 2019년까지 20여 년간 구제역으로 살처분된 가축은 총 391만 9763마리다. 같은 20년간 AI(Avian Influenza)로 살처분된 닭, 오리, 꿩, 메추리 등 가금류는 총 9414만 9000마리다. 20세기 최대 홀로코스트로 알려진 나치에 학살된 유대인은 600만 명이었다. 살처분은 동물 홀로코스트라고 불리어도 전혀 이상하지 않다.

자료도 엉터리다. AI로 살처분된 가금류의 수는 매년 천 단위로 기록되었다. 정확한 기준은 모르겠지만 의심스러운 부분이다. 또한 항목명이 '안락사 처분'이라고 되어 있지만 앞서 언급한 것처럼 대부분 생매장하고 있다.

동물권 단체는 살처분을 반대한다. 산 채로 땅에 묻는 건 동물보호법에 위반된다. 게다가 동물을 생명으로 인정하는 최소한의 조치가 없는 학살이기 때문이다. 살처분은 비인간 동물뿐만 아니라 인간을 위해서도 금지되어야 한다. 우선 살처분 장소 주민에게 불편을 준다. 사체의 냄새가 진동하고 사체를 묻은 땅에서는 피가 새어 나온다. 2020년 11월 덴마

크에서는 밍크를 대량 살처분했다. 사체가 부패하는 과정에서 가스가 발생하면서 사체가 다시 지상으로 나오는 소름 끼치는 광경이 펼쳐졌다. 누리꾼은 좀비라고 표현했다. 누가 이 해괴한 광경을 보고 사체의 냄새를 맡고 벌건 피를 보고 싶겠는가.

주민뿐만이 아니다. 살처분은 담당 공무원에게도 고역스러운 일이다. 살처분 사진을 처음 볼 때만 하더라도 분노의 화살은 돼지를 몰아넣는 방역복 입은 자들에게 향했다. 돌이켜보면 그들은 공무원이고 해야 할 일을 하는 것뿐이다. 누가 돼지를 무덤에 산 채로 묻고 싶겠는가. 살처분 담당 공무원도 엄연한 피해자다. 김광수 의원에 따르면, 지난 2010년 구제역 유행으로 인해 돼지 살처분에 동원된 담당 공무원 가운데 11명이 과로와 자살 등으로 생을 마감했다. 인권위는 지난 2017년 서울대학교 사회발전연구소와 함께 공무원 및 공중방역 수의사 268명을 대상으로 설문조사 및 심층 면접을 실시했다. 그 결과 응답자의 76%, 즉 4명 중 3명이 외상 후 스트레스 장애가 높은 것으로 나타났다. 응답자들은 가축 학살을 한다는 점에 죄책감을 가지며 직업에 대한 부정적인 인식을 느끼고 매년 살처분 작업을 하는 데 무력감을 호소했다.

가축 전염병 예방법은 2020년 2월에 개정되어 살처분 가축의 소유자와 담당 공무원은 심리적, 정신적 치료를 받을 수 있게 되었다. 심리 치료를 받을 수 있도록 지원하는 법을 환영해야 할까? 심리 치료가 필요할 정도의 노동이라면 애초에 하지 말아야 되는 것 아닌가. 살처분은 비인간동물뿐만 아니라 인간을 죽음의 골짜기로 몰아세운다. 무엇보다 안타까운 건 우리는 인간이기에 말과 글로 고통을 호소하지만 동물들은 흙에 묻혀 비명조차 지르지 못하고 생매장당한다.

　2019년 10월 2일 인천시 강화군에서는 돼지 농장 39곳의 사육 돼지 43,602마리를 살처분했다. 당시 강화군 삼산면 한 가정집에는 반려돼지 한 마리가 있었다. 해당 돼지도 살처분 대상이었다. 주인은 반발했지만 결국 행정대집행(行政代執行)을 통해 안락사되었다. 가축전염병이 한번 돌면 해당 지역의 가축은 몰살되고 멸종된다. 우리 집에는 반려묘가 있다. 이런 상황에 자연스레 감정을 이입하게 된다. 만약 우리 집 반려묘에게 이런 일이 생긴다면? 상상만 해도 끔찍하다. 어떻게 해서든 우리 가족을 지키기 위해 저항할 것이다. 하지만 그런 일은 일어나지 않을 확률이 높다. 왜냐하면 동물보호법상 돼지는 가축이고 고양이는 반려동물에 해당하기 때문이다. 씁쓸한 현실이다. 돼지와 고양이의 차이, 인간과 고양이의 차이. 돼지는 마음껏 살해되어도 되는 사회, 개와 고양이는 지킬 수 있는 사회. 우리가 살고 있는 종차별 사회*
다.

* 종차별주의 : 특정 종이 다른 종보다 더 우위에 있거나 열등하다고 판단하는 것. 보통 그 판단은 인간 종이 한다. 『동물 해방』의 저자 피터 싱어는 쾌고감수능력을 근거로 종차별주의를 반대했고, 톰 레건은 내재적 가치를 근거로 종차별주의를 반대했다.

부록 : 느끼는 존재 새벽이

그날이 명확히 기억난다. 회식으로 갔던 'OO돼지집'. 2층에 있는 고깃집으로 올라가는 벽면에 돼지 사진이 붙어 있었다. 초원에서 해맑게 웃는 듯한 돼지의 모습이었다. 삼겹살을 구우며 입에 넣기 직전의 내 표정 같았다. 채식과 동물권 활동을 하기 이전이었는데도 기괴하다고 생각했다. 돼지를 파는 데서 돼지가 활짝 웃는 모습을? 그때까지만 해도 내가 아는 돼지는 돼지'고기'가 전부였다. 삼겹살과 곱창 그리고 제육볶음이 돼지라고 상상하지 못했던 시절이다.

그러던 어느 날 동물권 단체 'DxE(Direct Action Everywhere) 코리아'가 주최하는 밋업(meetup)에 갔다. 동물권 활동 내용을 공유하고 소모임을 소개하는 자리였다. 활동가 한 명이랑 이야기를 나누다가 새벽이생추어리(sanctuary, 위급하거나 고통스러운 환경에 놓여 있던 동물을 보호하기 위한 구역)* 이야기를 듣게 됐다.

새벽이는 2019년 7월 초 돼지 농가에서 태어나 DxE에 의해 구조된 돼지다. 영화〈옥자〉의 현실판이었다. 구조된 새벽이는 새벽이생추어리에 살게 된다. 생추어리는 동물이 제 삶을 온전히 살아낼 수 있도록 마련한 공간을 의미한다. 새벽이생추어리는 국내 최초 생추어리다.

새벽이생추어리 방문

새벽이생추어리 SNS를 팔로우하면서 새벽이 소식을 전해 들었다. 어느 날 새벽이생추어리 보듬이(봉사자) 모집 게시물이 올라왔고 나와 인영이는 보듬이 활동 신청서를 제출했다. 사실 보듬이 활동은 그럴싸한 평계였다. 랜선으로만 보던 새벽이를 실제로 보고 싶었다.

고기가 아닌 돼지는 어떤 모습일까? 고기가 아닌 생명으로서 존재하는 돼지는 처음이라 설레고 두려웠다. 죄책감에 휩싸이기도 하면서 고해성사라도 해야 할 것만 같았다. 새벽이를 만나면 무엇을, 어떻게 해야 할지도 모르는 붕 뜬 기분이었다. 봉사한답시고 가서 도리어 피해를 주지 않을지 걱정되기도 했다. 새벽이와 생추어리 입장에서 '손이 많이 가는 봉사자'만 되지 않아야지….

다행히도 우리 같은 이들을 위해 활동 전에 교육을 한다. 보듬이 활동은 사전 교육이 필요할 정도로 대단한 일을 하는 걸까? 보듬이 활동은 단순하면서도 단순치 않다. 특별한 기술을 요하는 활동은 아니지만 생명을 대하는 일이기 때문이다. '대단한' 일을 하기 때문이다.

드디어 새벽이를 만나다

사전 교육을 마치고 보듬이 활동 신청 일자에 서울 근교에 있는 생추어리를 방문했다. 생추어리에는 새벽이 말고도 단풍이와 설기(닭)를 비롯해 함께 사는 새들이 있다. 보듬이 활동은 새벽이 밥 만들기, 웅가 치우기, 산책하기, 닭들이 먹는 물 갈아 주기 등이 있다. 이외에도 많은 활동들이 있다. 특히 산책하는 활동은 새벽이와의 관계가 형성되어야 할 수 있는 고난도 활동이기에 우리는 초보 보듬이가 할 수 있는 활동을 했다.

먼저 새벽이 밥을 만들었다. 사람이 먹는 밥과 밥그릇을 상상하면 안 된다. 큰 대야에 각종 과일과 채소와 곡류를 넣었다. 사과는 씨를 제거하고 적당한 크기로 잘라 넣었다. 알록달록한 밥그릇이 내가 봐도 먹음직스러워 보였다. 우리의 밥상 차리는 속도가 마음에 들지 않았는지 새벽이가 울었다.

어서 밥을 대령하라는 신호였다. 식사를 담은 대야를 들고 새벽이에게 다가갔다. 나는 새벽이가 그렇게 거대한지 몰랐다. 시골에 살았으면서도 돼지를 실제로 본 건 처음이었다. 우리가 다가가자 새벽이는 공항 세관 직원처럼 다가와 코로 우리를 검문했다. 우리의 냄새를 맡으며 호기심을 보이면서도 경계하는 모습을 보였다. 마냥 즐겁게 밥을 챙기던 아까와는 달리 새벽이의 덩치를 보고선 살짝 긴장됐다. 밥이 담긴 대야를 땅에 놓자 우리를 향한 호기심과 경계는 잠시 접어 두고 우걱우걱 밥을 먹었다. 새벽이 입 속에서 각종 과일과 채소가 상쾌한 소리를 내며 갈렸다. 새벽이는 행복해 보였고 분명 웃고 있었다. 순식간에 대야가 비워졌다.

새벽이 산책, 루팅 활동

식사를 마친 뒤 새벽이는 산책을 했다. 새생이(새벽이생추어리 활동가)가 앞장섰고 새벽이는 새생이를 따라나섰다. 새벽이가 산책 나간 사이 나는 새벽이 응가를 치우기 시작했다. 흙과 볏짚 더미 사이 보물찾기를 하듯 새벽이 응가를 통에 담았다. 이미 식은 응가 한 덩이 한 덩이 주울 때마다 이상하게 내 마음의 온도는 조금씩 높아졌다. 주운 응가를 한쪽에 묻어 두려고 이동했더니 산책하던 새벽이가 나에게 관심을 보였다. 코를 내밀고 냄새를 맡더니 내가 이동하는 대로 한참을 따라다녔다.

드디어, 아니 이렇게 벌써, 새벽이의 마음이 열렸나. 새벽이를 처음 마주했을 때는 잔뜩 긴장했었는데 관심을 보이는 새벽이의 모습을 보고 갑자기 용기가 생겼다. 새벽이와의 긴밀한 소통(?)을 위해 산책을 하는 공간 안으로 들어갔다. 가까이 다가가자 새벽이가 나를 향해 돌진했다. 생존 본능에 순간적으로 기지가 발휘되었다. 혹시나 도망가야 할 상황에는 직선이 아니라 대각선 방향으로 도망치라는 팁이 생각났다. 팁이 아니라 생존 기술.

나는 온 힘을 다해 대각선으로 줄행랑쳤다. 질퍽한 땅이었다면, 새벽이의 반가움의 표현인지 경계심의 공격인지 알 수 없는 돌진에 나는 그대로 고꾸라졌을 것이다. 다행히도 겨울이라 땅이 얼어 있었고 펜스를 넘어 무사히 그 공간을 빠져나왔다. 새벽이의 감정이 경계심이었다면 나는 새벽이에게 큰 실수를 한 것이다. 물론 봉사를 위해 새벽이의 공간에 들어갔지만 의도가 어찌 됐든 나는 무례한 행동을 한 인간이었다. 인간 중심적인 관계와 소통 방식이 새벽이와의 소통 방식에서도 드러난 것이다.

새벽이는 우리가 공간을 나온 이후로도 한참을 산책하며

루팅(rooting)을 했다. 루팅은 땅을 파는 행위인데 돼지의 본능적인 행위이자 다양한 욕구를 채워 주는 행위다. 땅을 파서 먹을 것을 찾는 행위이기도 하다. 새벽이는 농가에서 태어났기 때문에 먹을 걸 찾을 필요가 없지만 새벽이가 루팅을 한다는 사실은 루팅이 단순히 먹을 걸 찾는 행위가 아니라는 걸 반증한다. 집돼지를 포함한 모든 돼지들에게 루팅이란 본능이 있음을 짐작할 수 있는 부분이다.

새벽이답게

비슷한 시기에 새벽이 보듬이 활동을 하면서 돼지 도축장에서 비질(도축장 등을 방문해 목격하고 기록해 공유하는 행동)을 하기도 했다. 도축장에 들어서기 전 트럭 안에 돼지들이 트럭의 쇠 난간을 씹고 코로 들어 올리는 모습을 보았다. 콘크리트 바닥에서 땅을 파 볼 기회가 없는 돼지들에게 생긴 정형 행동(의미와 목적 없이 반복하는 행동으로 동물원이나 농장에 갇혀 사는 동물들에게 흔히 나타난다)이다. 반면 새벽이는 맘껏 루팅하고 산책했다. 생추어리가 새벽이에게 완벽한, 이상적인 공간은 아닐지라도 새벽이가 새벽이답게 살수 있는 환경에 근접한 공간이었다.

보통 자연 상태의 야생돼지 수명은 10~15년이다. 하지만 고기가 되기 위해 사육되는 돼지는 6개월을 산다. 실제로 도축장에 있는 돼지들은 새벽이보다 작았다. 새벽이보다 어린 돼지들이었다. 성장에 최적화된 사육 환경에서 몸만 비대해진 초등학생 돼지였다. 마땅히 살아야 할 생을 살지 못하고 6개월 만에 인간에 의해 살해된다.

나와 인영이는 새벽이를 보며 새벽이라는 존재의 개성을 발견했다. 더 나아가 다른 돼지들의 존재를 떠올렸다. 같은 MBTI임에도 불구하고 다른 성격의 사람들이 존재하는 것처럼 도축장에서 살해되는 돼지들도 각각의 성향을 지녔을 것이다. 그 다양한 돼지를 우리 인간들은 시뻘건 고기로 만들어 버린다. 어렸을 적 외할머니 집에 소가 있었다. 뿔도 만져 보고 콧등도 만져 보고 볏짚도 주었던 기억이 난다. 그러면서도 소고기를 먹었다. 돌이켜 보면 나라는 존재도 참 이상하고 신기한 존재다. 자기혐오가 움트는 순간이다. 아마도 나뿐만 아니라 대다수의 사람들은 소고기가 소였고 돼지고기는 돼지였다는 사실을 인지하지 못하고 살 것이다.

새벽이가 새벽이답게 살 수 있도록, 새벽이생추어리는 많은 사람들의 노고로 운영되고 있다. 새벽이는 새생이(생추어리 활동가), 매생이(후원자), 보듬이(봉사자)를 비롯해 많은 사람의 돌봄을 받고 있다. 우리 모두가 생각하듯 돌봄이 필요 없는 세상이 새벽이답게 살 수 있는 세상이다. 다만 안타까운 건 우리가 사는 세상은 유토피아가 아니라는 것이다. 생추어리 활동가 '보리'는 "인간이 비인간동물을 가두고 살해하는 공간을 만들었다면 그 폭력의 굴레에서 벗어난 피해 생존자가 살아갈 공간도 마련해야 한다."라고 말했다. 살해의 책임이 우리 모두에게 있듯 돌봄을 비롯한 책임도 우리 모두에게 있지 않을까.

우리는 보듬이 활동을 마치고 버스를 타고서 집으로 돌아갔다. 집으로 돌아가는 중에도 고깃집이 보였다. 드넓은 땅에는 자동차와 아파트, 쇼핑 공간이 가득했다. 온통 인간동물을 위한 공간이었다. 생추어리에 다녀온 것이 꿈처럼 느껴졌다. 생추어리에서 집으로 가는 길은 꿈에서 깨어 현실로 가는 길이었다. 고기가 아닌 생명으로, 새벽이가 새벽이답게 살 수 있는 날을 바라는 게 무리인 걸까. 악몽 같은 현실에서 깨어 달콤한 꿈같은 현실을 마주할 수는 없는 걸까.

* 외래어 표기법상 '생크추어리'가 맞지만 이 책에서는 고유명사인 '새벽이생추어리'를 그대로 인용하여 '생추어리'라고 표기하였다.

Part 5　　채식 너머 동물권

'동물권=채식'이라는 공식은 틀렸다

　여러 동물권 모임에 다니기 시작할 무렵 나는 자기소개를 할 때마다 채식 이야기를 하게 된다는 걸 깨달았다. 나뿐만 아니라 그곳의 많은 사람들이 그랬다. 동물권을 이야기할 때마다 채식을 언급하는 것은 내게도 의문이었다.

　'왜 동물권 모임에서 나를 포함한 사람들이 채식을 언급하는 걸까? 채식하지 않는 사람이라면 동물권 활동을 할 수 없나?'

　동물권을 말할 때마다 채식은 어째서 자격증처럼 뒤따라붙는 걸까. 누구도 '동물권=채식'이라 말한 적 없건만 사람들은 동물권을 채식과 동일시했다. 도대체 왜 동물 문제는 사람의 먹는 문제로밖에 연결되지 않는 것일까? 나는 스스로에게 답해야만 했다. 남을 설득하고 세상을 변화시키려면 스스로를 먼저 설득해야만 하니까.

철학자 데카르트는 동물은 '자동 기계'에 불과하다고 표현했는데 정말 우리 사회는 기계를 다루듯 동물을 다루고 있다. 동물을 이용하지 않고 만들어진 물건을 찾기 어려울 정도로 대다수의 산업에서 동물을 이용한다. 이용하기 위해 마음대로 번식시키고 조작하고 죽인다. 인간을 폭력종이라고 불러도 무방하지 않을까.

동물의 현실을 파악하는 것은 인간동물의 폭력사(史)를 알아 가는 과정이다. 특히 사람이 먹는 음식을 만드는 데 수많은 동물의 살점, 젖, 뼈 그리고 피를 필요로 한다.

동물권을 논할 때 채식이 딸려 오는 건 어찌 보면 당연한 일이다. 누구나 스스로를 되돌아보기 때문이다. (그렇게 믿고 싶다.) 자연스레 동물과의 관계를 떠올리게 되고 매일 마주하는 식탁 위에서도 떠올릴 수밖에 없기 때문이다.

대다수 사람들은 태어나면서부터 폭력사의 가해자로 성장한다. 모유를 먹지 않으면 분유를 먹게 되고, 유치원과 학교 급식에서는 너무나도 자연스럽게 우유와 고기가 제공된다. 그렇게 우리는 고기나라와 우유나라에 입성한다. 이런 사회 구조에서 동물권을 이야기하면 식습관에 대해 떠올리는 것이 지극히 자연스러운 일 아닐까.

다만 아쉬운 점은 현재 동물권 담론이 '채식'에 너무나도 쏠려 있다는 점이다. 마치 '동물권=채식'이라는 공식을 주장하는 것처럼.

채식은 비거니즘의 대표적인 실천이다. 비거니즘은 최대한 가능하고 현실적 범위에서 모든 형태의 동물 착취를 지양하는 삶의 방식이다. 벨기에 비건 운동가 토바이어스 리나르트는 『비건 세상 만들기』에서 "고통받는 동물의 수를 줄이고 동물의 고통을 최소화하는 것이 비건 운동의 목적"이라고 말했다. 간단히 말해 비거니즘은 동물을 위한 것이다.

하지만 애석하게도 자본주의 사회에서는 비거니즘이 소비를 기반한 운동 혹은 트렌드로 흘러가는 양상을 목도하게된다. 개인의 소비 습관 정도로 축소되는 경향이 있는 것이다. 동물에 대한 구조적인 폭력을 고발하고 사회 구조를 변화시키려는 움직임은 미진해 보인다. 의도된 것은 아닐지라도 어느새 '동물'이 아니라 먹을 음식과 입을 옷과 같은 '소비재'에 방점이 더욱 짙게 찍혀 가는 것만 같아 매우 안타깝다.

우리는 펫 숍 폭력을 고발하다 보면, 목줄로 동물을 통제하는 인간의 권력은 잊게 된다. 길고양이의 돌봄 활동을 하다 보면, 캔 안에 있는 수많은 동물은 잊게 된다. 비건 상품을 소비하자는 생각은 과소비에 대한 경계를 허물기도 한다. 결국 그 몫은 지구와 지구를 딛고 있는 사람과 동식물에게로 돌아간다. 물론 개인의 실천은 중요하다. 다만 개인의 실천만으로 동물에 대한 거대한 폭력을 멈추기는 어렵다.

동물권이 소비 기반 비거니즘 담론으로만 치환되는 세상을 경계해야만 한다. 비거니즘이 중요하지 않다는 말이 아니다. 현재의 동물권 담론이 반드시 소비 중심의 비거니즘을 넘어서야 한다는 것이다. 이제는 '동물권=채식' 혹은 '동물권=비거니즘'이라는 수식을 넘어설 때다.

그날 나는 도살 직전의 돼지들을 만났다

2021년 1월 27일 나는 진실의 증인이 되었다. 그날 나는 도살 직전의 돼지들을 만났다. 돼지들은 도살장으로 들어갔고 나는 집으로 돌아왔다.

나는 서울애니멀세이브에서 주최하는 비질에 다녀왔다.

비질(vigil)은 Animal Save Movement 단체에서 전 세계적으로 진행되고 있는 활동이다. 비질이란 단어가 다소 생소하게 들릴지도 모르겠다. 비질은 도살장 안을 들여다보는 활동은 아니다. 도살장이 위치한 장소에 찾아가 근처에서 대기하는 트럭에 실린 도살 직전의 동물을 만난다. '진실의 증인'이 되는 활동이다. 그렇다면 '어떤 진실'의 증인이 되는 걸까?

나는 오전 9시가 되지 않아 집을 나섰다. 하늘은 화창하고 맑았지만 겨울이라 찬바람이 불어 꽤 추웠다. 단단히 옷을 여미고 나왔다고 생각했는데도 음지에 가니 몸을 움츠리게 만드는 날씨였다. 돼지들이 생각났다. 어떤 돼지들을 만날지 모르니 당연히 돼지들의 얼굴은 떠오르지 않았다. 내가 상상하는 돼지의 모습을 떠올렸다.

'이 추운 날 죽기 위해 생애 처음으로 축사를 나와 도살장으로 향하겠구나. 어디로 가는지 알지도 못한 채, 혹은 직감적으로 죽는다는 걸 안 채로 생애 처음 맑은 공기를 마셔 보겠구나. 엉엉 울면 사람들이 날 이상한 사람으로 쳐다보겠지.'

지하철역으로 걸어가는 중 눈물을 찔끔 흘렸다. 나의 비질은 도살장에 도착하는 시간이 아니라 집을 나서는 때부터 시작되었다.

지하철과 광역버스를 갈아타고서 경기도 한 도살장에 도착했다. 12시 30분이었다. 3시간 30분 만에 도착했다. 도살장에 어떤 진실이 있기에 사람들은 도살장으로 향할까? 서너 시간이나 걸려 이곳에 와야만 하는 이유가 있을까?

도살장은 논과 차도 사이에 덩그러니 있었다. 우리가 서 있는 차도변에서 바라보면 왼편에는 돼지 도살장이, 오른편에는 소 도살장이 있었다. 우리는 돼지 도살장 부근 차도변에 서서 돼지들을 기다렸다. 우리가 선 곳으로부터 약 80미터 정도 떨어진 곳, 도살장 부지 안에는 계류장이 있었고 이미 먼저 도착한 트럭이 그곳에서 돼지를 내리고 있었다. 계류장은 도살 직전의 돼지들을 대기시키는 장소다. 잠시 후 다른 돼지들을 실은 트럭이 도착해 트럭은 차도변에 정차하여 잠시 대기하였다.

우리는 차도변에서 잠시 대기하는 트럭 안 돼지를 가까이에서 볼 수 있었다. 도살장에 온 돼지들은 대략 6개월령 정도 되는데 호기심이 많고 활동량도 많은 시기다. 천방지축 어린아이를 상상하면 된다. 어떤 돼지인지 자세히 보지 못했지만 트럭에서 돼지의 비명이 들렸다. 자리가 좁거나 어디가 아픈 것 같았다. 간혹 바깥공기를 들이쉬며 자신을 쳐다보는 인간동물에게 호기심을 보이는 녀석들도 있었다. 작은 틈 사이로 코를 내밀며 킁킁거렸다.

함께 온 활동가들이 트럭 뒤에 바짝 붙어서 물을 주었다. 하지만 돼지들은 물을 받아 마시는 게 익숙지 않은지 바닥에 고인 오물 가득한 물을 핥아 마셨다. 축산물 위생관리법 시행규칙에 따르면 돼지는 도축 전 12시간 이상 굶겨야 한다. 육질 향상과 내장 적출, 폐기물 처리 비용 감소 등 여러 가지 이유로 굶긴다. 사람이 대장내시경을 할 때 장을 비우는 것처럼 말이다. 과거 비질을 할 때에는 삶은 감자나 고구마를 주기도 했다고 한다. 지금은 물만 주고 있다. '빵빵!' 트럭은 안으로 들어가야 한다는 신호를 보냈다. 우리는 트럭에서 떨어졌다.

저울은 자본주의 사회에서 가장 바쁘게 일하는, 공정한 도구다. 트럭은 돼지를 내려놓기 전에 무게를 재고 이후에 트럭은 소독 구간을 통과한다. 뿌연 안개 같은 소독약 사이로 트럭은 사라진다. 트럭은 계류장에 돼지를 하차시키고 빈 차가 되어 나온다. 그리고 빈 차 상태로 다시 무게를 잰다.

아마도 전후 무게 측정을 통해 일종의 계산을 하는 것 같다. 건축 일을 하면서 트럭에 실은 고철과 박스를 고물상에 가져다준 경험이 있다. 덕분에 돼지 계량이라는 일련의 과정이 한눈에 들어왔다. 박스와 고철이 재활용 과정을 통해 자원 순환이 되듯, 내 앞에 살아 있던 돼지들도 계류장과 도축장을 통해 인간의 입 속에 들어간다. 처음부터 이 돼지들은 '몇 킬로그램'의 고깃덩어리가 되기 위해 태어난 것이었다.

계류장에 하차한 이후에 돼지 모습은 볼 수 없었다. 나는 차도변에 서서 계류장에서 빈 차로 나오는 트럭을 허망하게 쳐다보았다. 트럭은 텅 비어 있었다. 도로에는 수많은 승용차와 트럭 들이 지나갔다. 고기를 운송하는 트럭이 유난히 많았다. 차들이 많이 오가는 도로여서 꽤 시끄러운 곳이었지만 돼지의 비명 소음은 자동차의 소음을 비집고 들려왔다.

소 도살장으로 이동했다. 소는 돼지와 달리 두세 마리만 실은 1톤 트럭이 도축장에 찾아왔다. 누런 육우도 있었지만 이날은 젖소로 불리는 얼룩 소가 유독 많았다. 젖소는 평생을 강제 임신과 출산과 착유의 삶을 살고 인간이 규정하는 '우유 생산능력'이 떨어지면 도살장에 온다.

젖소가 하차하는 중에 내리기 싫었는지 내려가기를 거부하는 장면이 보였다. 직원으로 보이는 이가 막대기로 소를 밀어냈다. 책『고기로 태어나서』에서도 이런 장면을 묘사했다. 활자로만 보던 진실을 눈으로 목격하는 순간이었다. 하루에 한 마리만 도축한다면 살살 달래서 내리게 하면 되겠지만 그럴 수가 없었나 보다. 소를 실은 트럭들이 줄지어 들어온다. 어쨌든 직원 입장에서 소는 해치워야 할 일인 것이다.

한쪽에는 도살된 소들의 피부가 겹겹이 쌓여 있었다. 지게차는 소의 피부를 열심히 트럭으로 날랐다. 천연 소가죽 100%의 의미를 생각해 볼 필요가 있다.

'내가 쓰고 있는 가죽 지갑과 가방의 가죽 손잡이도 아마 수북이 쌓인 피부 중 일부였고 언젠가는 살아 있는 소의 피부였구나.'

소 도살장에서 소의 모습을 지켜보는 동안에도 돼지를 실은 트럭들은 끊임없이 돼지 도살장으로 들어갔다.

"돼지는 비명 빼고는 전부 쓸데가 있다."
—업튼 싱클레어, 『정글』

도살장 앞에서는 비명 소리만 들을 수 있었다. 도살장을 끼고서 조금만 걸어 돌아가면 축산물유통센터가 있었다. 1 층에는 비명을 제외한 모든 것이 있었다. 꼬챙이에 사체가 걸려 있다. 살점과 뼈, 내장이 가지런히 테이블 위에 올려져 있었다. 소의 머리가 댕강 잘려 있기도 하다. 소 머리 한가운데에는 총탄 자국이 있었다. 한 개의 구멍만 있는 소의 머리도 있었고 두 개의 구멍이 있는 소의 머리도 있었다. 마치 도살장 옆에서 갓 잡았다는 걸 자랑이라도 하듯 말이다. 피비린내가 진동했다. 바닥은 핏물에 물들어 불그스름했다. 핏물이 튀지 않도록 조심히 걸어야만 했다. 한쪽에서는 잘해 주겠다며 둘러보라고 호객 행위를, 한쪽에서는 계속 내장을 세척하거나 살점을 손질하고 있었다. 2층에는 식당이 있었다. 축산물유통센터에 위치한 식당이니 고기 전문 음식점이었다. "고기를 구워 드세요. 1人 4,000원." 식당 내엔 고기를 구워 먹는 손님들이 있었다.

내가 지금껏 먹어 왔던 고기는 다 이런 과정을 거쳤겠다는 생각이 들었다. 세상에 속았다는 생각에 분노가 차올랐고 나와 인간 종 때문에 학살된 수많은 생명에게 미안했다. 당장이라도 영업을 금지시키기 위해 문이라도 걸어 잠그고 도살장을 닫아 버리는 힘없는 상상을 했다. 하지만 아무것도 할 수 없었다. 마음먹은 대로 했다가는 수갑을 차야 하는 신세가 된다. 내가 도살장과 유통센터 영업을 하루 막는다 하더라도 여전히 돼지와 소를 실은 트럭은 도살장을 오갈 것이다. 나는 '이성적인' 인간이니까 아무것도 하지 않았다. 진실을 외면하고 그로부터 언제든 도망칠 수 있는 인간동물이었다.

함께 온 시민들과 자리를 옮겼다. 인근 공원으로 이동해 마음을 나눴다. 참 아이러니한 지역이었다. 수많은 동물이 학살되고 버젓이 판매되고 있었고, 차도 하나만 건너면 행인들이 이야기 나누며 산책할 수 있는 공원이 있었다.

비질은 단순히 관람, 봉사, 체험 활동이 아니다. 트럭에 실린 돼지를 여러 덩어리로 보는 게 아니라 하나의 개체로 보고 느낀다. 우리는 도살장에서 사진을 찍고 그들의 숨을 느끼고 물을 주고 애도했다. 고통에 연대하려고 노력했지만 과연 그게 연대라고 할 수 있을지 의문이 들었다. 수많은 단어들이 머릿속을 헤매다 먼지처럼 흩어지는 순간이었다. 수많은 돼지가 트럭에 실려 도살장으로 들어갔다가 빈 차로 나오는 것처럼.

비질이라는 개념이 낯선 사람들을 위해 설명을 덧붙이자면 비질은 어떤 특별한 종교의식과 같은 게 아니다. 우리는 일상 속에서 반려동물과 야생동물을 만난다. 때론 교감하고 도움을 주기도 위로를 받기도 한다. 다만 우리의 일상 속에서 동물과의 교감은 주로 밝은 면에서 이뤄진다. 비질은 착취당하는 동물의 현실을 직시한다는 점에서 차이가 있다. 그래서 착취당하는 동물이 있는 도살장으로 간다. 도살장이 극단적인 장소로 비칠 수 있는데, 그렇지만은 않다. 도살장에서 죽은 동물의 사체는 여러 가공 과정을 통해 포장되어 우리에게 각종 상품으로 오기 때문이다. 극단은 없다. 모든 것은 연결되어 있다. 도살 직전에 오물을 뒤집어쓴 돼지를 마주하는 일이 그리 유쾌하지 않은 일일 수 있다. 하지만 그곳에서 돼지와 인간은 연결되어 있음을 깨달을 수 있었고 끊어진 연결 고리의 실체에 대해서도 볼 수 있었다.

어둑한 밤이 되어서야 서울로 돌아왔다. 밤에도 반짝반짝 빛나는 도시, 아무렇지도 않은 시민들의 모습이 이상하게 느껴졌다. 아무렇지 않게 지하철을 타고 돌아가는 내 모습마저도. 공허하고 무기력한 마음이 들었다. 하지만 분명한 사실 하나가 남았다. 나는 그날 똑똑히 보았다. 동물 홀로코스트

진실의 증인이 되었다.

비질은 이해하는 게 아니라 느끼는 것이기 때문에 꼭 한 번 참여해 보길 권한다. 비질은 서울애니멀세이브(Seoul Animal Save)에서 진행하고 있다. 서울애니멀세이브의 임무는 모든 도살장을 지켜보며 모든 착취당하는 동물의 증인이 되는 것이다. 비질 참여를 원한다면 페이스북 서울애니멀세이브 계정을 통해 연락하면 된다.

나는 선 넘는 '동물농장'을 기대한다

누구나 일요일 아침이면 늦잠 자며 게으름을 피우고 싶다. 나도 마찬가지다. 하지만 일요일 아침마다 "TV 동물농장!" 소리에 잠옷 바람으로 거실에 나와 본방송을 사수한다. 놓치는 편이 있을 땐 재방송을 찾아볼 정도로 나는 〈TV 동물농장〉 애청자다.

2020년의 끝자락, 12월 20일과 12월 27일 이틀에 걸쳐 〈TV 동물농장〉 1000회 특집 방송이 방영되었다. 시청률 10%를 기록했다. 2001년 5월 1일 첫 방송을 시작으로 〈TV 동물농장〉에는 20년간 10,128마리의 동물이 출연했다.

1,000회가 방송되는 동안 〈TV 동물농장〉엔 자주 '최초'라는 수식어가 따라붙었다. 최근 967회 아파트에서 청설모가 출생한 이야기, 981회 국내 최초 아기 판다 출생 이야기를 비롯해 장애견을 위한 휠체어와 3D 의족 제작을 시도하여

성공하기도 했다. 397회에는 레트리버 '샌디' 이야기가 소개됐다. 샌디는 얼굴만 한 혹을 달고 살다가 무지개다리를 건넜다. 보호자의 동의 아래 각막을 기증하여 또 다른 생명 초롱이에게 새로운 세상을 선물하고 떠난다. 최초로 각막 이식을 시도했고 성공했다. MC들을 비롯해 많은 시청자들에게 감동을 선사했다.

〈TV 동물농장〉은 단순히 웃음과 감동만을 제공하는 프로그램은 아니었다. 가려져 있는 어둠 속 진실을 알리는 프로그램이기도 했다.

첫째로, 765회에서는 펫 숍과 강아지 공장의 현실을 담았다. 우리는 길을 지나다니다가도 펫 숍에서 투명 칸막이에 갇혀 기다리는 꼬물이 강아지들을 보게 된다. 그들은 어디서 왔을까? 프로그램 촬영팀은 한 곳의 강아지 공장에 들른다. 창고 안 켜켜이 철창 케이지들이 쌓여 있다. 좁은 케이지 안에는 강아지가 있다. 사람이 들어오니 반가움에 꼬리를 흔들며 짖는 강아지가 있고 경계하는 목소리로 짖는 강아지도 있다. 씻지 못한 강아지들의 몰골은 둘째 치고 바닥에는 분뇨에 강아지의 털이 엉켜 있다. 네모난 TV 화면에서 악취가 진동하는 듯했다. 지옥이 있다면 이곳의 모습과 닮아 있지 않을까 할 정도로 처참한 환경이었다. 번식장 운영자의 인터뷰도 나온다. 정액이 담긴 주사기를 보여 주며 인공수정이 임신이 잘 된다며 설명을 덧붙인다. 동물병원에서 어깨너머로 배워 제왕절개 수술도 할 수 있다고 당당히 이야기한다. 765회가 방송되던 시기에 펫 숍과 강아지 공장에 대한 기사와 뉴스가 다른 매체에서도 연이어 나오면서 많은 이들의 공감을 샀고 결국 동물보호법이 개정되는 데 큰 역할을 했다(이후 번식장은 신고제가 아니라 허가제로 개정되었다).

펫 숍에서 구매하는 일은 절대적으로 지양해야 하는 일이다. 방송에서 나오지 않았지만 번식장에서 태어나 분양되지 않은 강아지들이 식용견 농장으로 가는 경우가 흔하다. 게다가 해를 거듭할수록 유기견은 늘어나고 있고 안락사당하는 유기견도 많아지고 있다. 펫 숍에서 구매하지 않는다면 안락사를 당하는 생명도, 유기되는 생명의 수도 줄어들 것이다.

둘째로, 973회에서는 실험동물 비글의 현실을 담았다. 비글은 온순하고 다루기가 쉽다는 이유로 실험동물로 이용된다. 이때 가장 인상 깊었던 장면은 실험동물로 평생을 살았던 비글 29마리가 실험실을 떠나 보호소에 첫발을 내딛는 장면이었다. 평생을 고통스럽게 살았지만 그럼에도 사람을 보면 꼬리를 흔들고 이리저리 뛰었다. 모든 게 처음이었다. 들판을 뛰는 것도, 하늘을 바라보는 것도, 동료 비글의 냄새를 맡는 것도. 인간으로 태어난 것에 부끄럽고 한없이 미안한 순간이었다.

제작진과 출연진은 주말에 이런 불편함을 준다는 사실이 우려스럽기도 했지만 진실을 알리기로 했다. 강아지 공장 편은 6개월간의 은밀한 조사와 취재를 통해 방영되었다. 강아지 공장은 폐쇄되고 강아지들은 입양되었고 실험동물의 삶이 많은 이들에게 알려졌다. 이외에도 '모피의 불편한 진실' 편(497회)을 방영하며 의류산업의 추악한 민낯을 드러내기도 했다. 하지만 여전히 강아지 공장에서 지옥 같은 삶을 사는 강아지들, 펫 숍에서 강아지를 구매하는 이들, 실험동물로 살아가는 동물들이 존재한다.

1,000회를 거듭하는 동안 대중의 인식에 맞춰 콘텐츠의 방향도 변화되었다. 강아지 공장과 실험동물 비글에 관한 회차도 인식의 변화에 따른 시도였다. 동시에 동물농장으로 인해 대중의 인식도 변화되었다. 명칭이 애완동물에서 반려동물이 되도록 변화하는 데에 크게 공헌했다. 또한 올바른 반려동물 에티켓 문화를 정착시켰고 반려동물에 대한 전반적인 인식이 널리 확산되는 데 큰 역할을 했다.

모두가 알다시피 기후위기와 채식에 대한 이슈가 급증하고 있다. 기후위기의 가장 큰 문제점으로 축산업이 제기되고 있고 가치 소비를 중요시하는 MZ세대의 채식 인구도 늘어나고 있다. 이러한 시대에 우리는 농장동물의 현실을 외면하고서 동물을 이야기할 수 없다. 강아지의 눈을 보고서 돼지와 소의 눈을 보아야 한다. 이러한 콘텐츠를 제작하기 위해선 대중의 인식 변화가 따라야 하고 시청자들이 이를 받아들일 수 있어야 할 테지만 〈TV 동물농장〉이 대중의 인식 변화에 앞장서서 깃발을 드는 역할을 할 수도 있다.

주말 오전 시간에 불편한 진실을 다루고 싶지 않을 것이다. 더군다나 따뜻한 이야기보다 불편한 이야기가 많아지면 자연스레 시청률에 변화가 있을 것이다. 농장동물 이야기를 다루는 건 제작진 입장에서는 모험과 같다. 그래도 사회의 변화에 따라 프로그램 콘셉트의 변화도 일부 필요하지 않을까? 이 프로그램을 진행하는 정선희 씨는 1,000회 특집에서 신동엽 씨가 방송을 진행하며 동물을 바라보는 시선이 확연히 달라졌다고 했다. 이는 이미 〈TV 동물농장〉이 단순히 주말 아침에 유희와 감동을 주는 프로그램을 넘어 동물에 대한 인식을 변화시키는 프로그램이라는 것을 증명한다.

〈TV 동물농장〉에는 다양한 동물이 등장한다. 우리와 가까이 있는 반려동물과 길고양이, 동물원과 수족관에서 볼 수 있는 전시 동물, 그리고 지구 반대편의 야생동물까지. 973회에는 실험동물까지도 다뤘다. 하지만 유일하게 '산 채로' 등장하지 않았던 동물이 있다. 바로 우리가 먹는 농장동물이다. 아이러니하게도 농장동물은 거의 매회 '죽은 채로' 등장한다. 〈TV 동물농장〉에 협찬을 제공하는 하림 사료 말이다. 상품으로 출연한다. 수많은 생명의 생과 사에 대한 진실은 빛나는 포장재에 가려져 있다. 반려동물 사료는 대부분 농장동물을 사육하고 도축함으로써 생산된다. 프로그램은 1,000회가 제작되고 방영되는 동안 단 한 차례도 농장동물에 대해 다루지 않았다.

인간과 법은 종에 따라, 용도에 따라 동물을 구분한다. 그러나 모든 동물은 동물(動物)이다.

동물을 사랑하는 이들이 〈TV 동물농장〉을 만들고 동물을 사랑하는 이들이 프로그램에 출연한다. 그리고 동물을 사랑하는 이들이 시청한다. 나는 〈TV 동물농장〉 애청자로서 모든 동물의 다양한 얼굴을 비춰 주길 기대한다. 밝게 빛나는 곳만 본다고 해서 어둠은 사라지지 않는다. 어둠에 빛을 비춰야 어둠이 사라진다. 종의 구분 없이 모든 동물에게 행복한 〈TV 동물농장〉이 되기를 기대한다.

죽어서 오는 소는 돈이 되지 않는다

대한민국에서 고기를 가장 많이 소비하는 지역인 서울에는 도축장이 없다. 새벽 5시 30분. 도살장에 가기 위해 지하철 첫차에 몸을 실었다. 지하철과 버스를 환승하여 도살장 부근 버스 정류장에 도착했다. 버스에서 내리자마자 돼지를 실은 트럭들이 눈앞에 보였다.

오전 8시 40분 도살장에 도착했다. 이동할 때만 하더라도 비가 추적추적 내리는 정도였는데 도살장 앞에 도착하자 비가 쏟아졌다. 바지와 신발이 다 젖었다. 우리 활동가들보다 먼저 도착한 건 단연 돼지를 실은 트럭들. 트럭 3대가 줄지어 서 있었다. 이 트럭들은 먼저 도착한 트럭들이 돼지를 계류장에 내리는 동안 차도변에서 대기 중인 트럭들이다.

우리는 돼지에게로 다가갔다. 4.5톤 트럭 한 대에 실려 있는 돼지는 40마리에서 50마리 정도. 사실 정확히 몇 마리의 돼지가 트럭에 실려 있는지 확인하는 건 어렵다. 택배 차량에 차곡차곡 쌓아 놓은 박스처럼, 차량 안에 살아 있는 돼지들이 욱여넣어져 있었다. 서로의 몸이 뒤엉켜 있는 모습은 마치 출퇴근길 지하철 속 많은 인파처럼 하나의 생명체로 보이기도 했다.

그 좁은 곳에서도 어떤 돼지는 다른 돼지들을 짓밟고 다른 곳으로 이동하기도 했다. 바닥에 깔린 돼지들은 비명을 질렀다. 몇몇의 돼지들이 코를 바깥으로 내밀어 냄새를 맡거나 입으로 철창을 깨무는 행동을 보였다. 냄새를 맡는 행위는 반려견 똘이와 해피가 무언가를 인식하는 과정과 매우 비슷해 보였다. 실제로 돼지는 개보다 후각이 뛰어나며 시각보다는 청각과 후각을 사용하여 사물을 인식한다고 한다.

다리가 다친 젖소는 치료하지 않고 도축한다

젖소를 실은 1톤 트럭도 도살장에 도착했다. 소를 실은 트럭이 도착하자 도살장에서 방역복 차림에 직원으로 보이는 사람이 나왔다. 그는 서류를 확인하며 소를 싣고 온 주인에게 물었다.

"어디가 다쳐서 왔어요?"

소 주인은 다리가 다쳤다고 짧게 대답한 뒤에 "원래 400

만 원 하는 앤데…"라며 푸념했다.

소를 실은 차량은 소 도살장으로 향했다. 이날은 유독 소를 실은 차량이 많이 왔다. 나는 방역복 차림의 직원에게 말을 건넸다.

"오늘 유독 소들이 많이 오는 것 같은데 이유가 있을까요?"

알고 보니 방역복 차림의 그는 수의사였다.

"비가 오면 축사에서 미끄러지는 소가 많아요. 바닥이 콘크리트다 보니. (흙과 분변이 빗물에 섞여) 이유가 여럿 있겠지만 미끄러져서 오는 소가 대부분이에요."

트럭에 실린 소는 우유 광고에서 보이는 소의 모습과는 완전히 달랐다. 앙상한 몸에 뼈가 훤히 드러난 모습. 무기력해 보였다. 도축장에 온 젖소는 어떤 삶을 살다 왔을까? 농장에서 젖소는 인간에 의해 강제 임신을 당한다. 임신 후 출산을 한 젖소에게서 우유가 나오기 때문이다. 사람도 똑같지 않은가. 그리고 어미 소가 송아지를 낳으면 송아지는 인간들이 데려간다. 왜냐하면 소의 젖, 우유는 인간이 마셔야 하기 때문이다. 평생 착취당한 젖소가 우유 생산력이 떨어지면 도축장으로 온다. 평생 젖만 짜이다가 결국 죽어서 고기가 된다. 우리 인간들은 지성과 지식을 활용해 젖소의 모든 걸 남김없이 착취한다. 이것이 인간만이 가진 위대한 지성인 걸까.

비질 당일처럼 비가 와서 소가 다치면 도축장으로 온다. 죽은 상태의 소는 도축할 수 없기 때문에 소 주인들은 소가 죽기 전에 부리나케 도축장으로 실어 온다. 죽은 소는 돈이 안 되지만 다친 소는 돈이 된다. 다친 소를 도축장에 파는 주인들의 마음이 이해가 안 되는 건 아니다. 나도 모르게 고개를 끄덕였다. 그들의 업이니까, 먹고살아야 하니까. 그런데 소는? 소의 생애를 생각하자 마음이 착잡했다. 비질에 참여한 한 시민은 말했다. "함부로 동정하고 함부로 연민해서는 안 되는데 너무 슬프고 불쌍하다." 걷잡을 수 없이 눈물이 났다.

우유의 날은 젖소 착취를 조장하는 끔찍한 날

6월 1일은 세계 우유의 날이다. 우유의 영양학적 가치를 알리고 소비를 촉진시키는 날이다. 우유에 대한 영양학적 가치는 허위라는 게 이미 밝혀진 사실이다. 만에 하나 우유가 인간의 몸에 좋더라도 인간이 인간의 젖이 아니라 소의 젖을 먹는 건 이상한 일 아닌가.

우유는 어떻게 그리고 누구에게서 오는가. 우유의 날은 매우 끔찍한 날이다. 낙농진흥회에 따르면 2019년부터 2021

년까지 인간이 마실 우유를 위해 매년 40만 마리의 젖소가
사육되고 있다. 우유팩에 담긴 새하얀 우유를 생산하기 위해
젖소들이 착취되고 있다. 매년 다치고 죽어서 고기가 되는
젖소가 있음에도 새로 태어난 젖소들이 그 수를 채우면서 우
유 생산량과 사육 두수(頭數)는 유지되고 있다.

돼지와 소는 도살장으로 들어갔고 나는 학교로 돌아왔다.
돼지와 소 들은 자신들이 어디로 가고 있는지 알고 있었을
까? 우리는 도살장 안으로 들어가는 트럭을 막아 세울 수 없
었다. 돼지와 소를 꺼내 구조할 수도, 그 누구에게 항의할 수
도 없었다. 이러한 운송, 도살 과정 자체가 합법이기 때문이
다. 우리가 할 수 있는 건 고작 돼지들에게 물을 주는 것뿐이
었다.

도살장에서 풍기는 피와 오물이 섞인 특유의 냄새가 온몸
에 배었다. 그리고 씻을 수 없는 죄책감을 몸에 덕지덕지 묻
힌 채 서울로 향했다. 같은 장소에서 한때 함께 같은 공기를
마셨던 돼지와 소는 도살되었고 나는 산 채로 뚜벅뚜벅 걸어
연구실로 돌아왔다. 평소 옷에 큰 글씨가 쓰여 있는 옷을 입
진 않는다. 사람들의 시선에 수치심이 든다고 해야 달까. 학
과 잠바나 동아리 잠바 한번 입어 보지 않았다. 하지만 무엇
이라도 해야만 하는 기분 때문에 그날 입은 '동물권리장전'

티셔츠를 입은 채로 학교에 갔다. 단 한 사람이라도 등판에 새겨진 글을 읽어 주길 바라는 마음으로.

로즈법 : 동물권리장전*

1. 고통과 착취로부터 구조될 권리

2. 보호받는 집, 서식지 또는 생태계를 가질 권리

3. 법정에서 그들의 권익을 대변하고 법에 의해 보호받을 권리

4. 인간에 의해 착취, 학대, 살해당하지 않을 권리

5. 소유되지 않고 자유로워질 권리 ─ 또는 그들의 권익을 위해 행동하는 보호자가 있을 권리

---

* 로즈는 2018년 유기농 농장에서 구조된 암탉이다. 축사의 닭들을 구조하는 과정에서 활동가 58명은 체포되었고 9명(命)의 닭은 Animal Control(미국 동물보건 당국)에 의해 목숨을 잃었다. 그러나 경찰은 암탉 로즈를 안고 있는 활동가 한 명이 밖으로 나갈 수 있도록 허용했다. 이 사건을 동물 구조가 범죄가 아니라는 것을 상징하는 증거로 본다. 이것을 기념하여 동물권 활동가들은 '로즈법 : 동물권리장전' 통과를 요구하고 있다.

동물 복지의 함정

나는 자취를 하면서 혼자 저녁에 삼겹살을 구워 먹을 정도로 고기를 좋아하는 육식주의자였다. 언젠가부터 공장식 축산에 문제의식을 느끼게 되었고 채식할 용기는 나지 않아 동물 복지 상품을 구매하기로 결심했다. 이후 채식을 시작하기 전까지는 오랫동안 동물 복지 상품을 구매해 왔었다.

동물 복지 축산물을 구매하는 행위는 여러 면에서 비효율적이다. 동물 복지 상품 구매처가 흔치 않은 데다가 가격이 비싸기 때문이다. 혼자 자취하던 시절에는 걸어서 20분 거리에 있는 생협 마트에 가서 장을 봐야 했다. 시간과 돈이 더 들고 체력도 더 써야 한다. 가격이 가장 결정적인 문제다. 당시 동물 복지 삼겹살 가격은 일반 삼겹살 가격에 비해 적게는 1.2배, 많게는 1.5배 정도 되었다. 사회 초년생 시절에는 일이천 원 가격 차도 고민하는 시기인데 동물 복지 삼겹살을 사는 행위는 여러모로 내게 의미가 있는 소비 행위였다. 스스로를 대견하게 생각했다. 가격도 비싸고 20분이나 걸어가서 장 봐야 하고 시간까지 들여야 한다. 이런 동물 복지 삼겹살을 먹다 보니 당연히 고기 먹는 횟수는 줄어들었다.

비효율적임에도 동물 복지 축산물을 구매하는 이유는 단 하나, 윤리성이었다. '동물 복지'를 위해 동물 복지 상품을 구매했지만 사실 돌이켜 보면 동물 복지 인증 제도에 대해 아무것도 몰랐다. 막연하게 '동물 복지'니까 동물의 복지를 신경 쓴 상품이라고 생각하고 구매했다. 내가 아는 사실은 단 하나뿐이었다. 동물 복지 돼지가 일반 공장식 축산 돼지에 비해 덜 잔인하게 사육되고 도축된다는 것. 과연 이 사실만으로 동물 복지 농장 소비는 윤리적인 행위가 될 수 있을까?

동물에게 '도' 복지란 개념이 생겼다니 동물 복지란 말이 참 반가웠다. 동물 복지란 개념은 어떻게 생긴 걸까. 아동 복지, 장애인 복지, 노인 복지…. 우리 사회에서 사용되는 복지라는 단어를 그대로 차용하지 않았을까 추측해 본다. 복지는 행복한 삶을 뜻한다. 그렇다면 동물 복지는 동물의 행복한 삶을 위함인가?

농림축산식품검역본부는 농장동물 복지에 대해 다음과 같이 말한다.

쾌적한 사육 환경을 제공하고 스트레스와 불필요한 고통을 최소화하는 등 농장동물의 복지 수준을 향상시키면 동물이 건강해집니다. 건강한 동물로 생산되는 축산물은 안전합니다.

사육 단계에서 동물 복지 축산농장 인증제를 실시하여 산란계(2012년), 양돈(2013년), 육계(2014년), 젖소, 한육우, 염소(2015년), 오리(2016년) 농장에 대해 인증을 하고 있습니다.

동물 복지 축산농장에서 사육되고 동물 복지 운송·도축을 거쳐 생산된 축산물에 '동물 복지 축산물' 표시를 하는 등 사육·운송·도축 전 과정을 체계적으로 관리하여 종합적인 농장동물 복지체계를 마련해 나가고 있습니다.

농림축산식품검역본부에서 밝혔듯, 동물 복지는 동물의 '삶'에 해당하는 개념이 아니라 '사육/운송/도축'에 해당하는 개념이다. 행복한 삶을 보장하는 게 아니라, 행복하게 사육하고 운송하고 도축한다. 동물의 입장에서 행복한 사육과 행복한 운송과 행복한 도축이라는 것이 존재할 수 있는 일인가.

동물 복지 인증 기준은 전 축종 공통 사항과 축종별 인증 기준이 따로 마련되어 있다. 그중 양돈농장(돼지)을 예로 들면, 인증 기준은 18쪽에 걸쳐 기술되었다. 얼핏 보면 세세하게 기준을 잘 마련한 것으로 보인다. 하지만 기준을 자세히 살펴보니 허술한 부분이 한두 군데가 아니었다. 눈 감고 아웅 하는 식이다. 아래의 여섯 가지 조항을 보자.

1. '자유 방목'이란 축사 외 실외에 방목장을 갖추고 방목장에서 동물이 자유롭게 돌아다닐 수 있도록 하는 것을 말한다.

　ㄴ자유방목이라 함은 하루 종일 방목하는 것을 뜻하지 않는다. 방목장과 축사를 오가는 생활을 뜻한다. 예를 들면, 교도소와 같은 수용 시설과 비슷하다. 수감자들도 생활관에 있다가 운동 시간에는 운동장에 나온다. 그렇다고 '자유감옥'이라는 말을 사용하지 않는다. 자유를 제한하는 공간이 감옥이다. 방목장과 축사에 자유가 있을까?

2. 돼지의 단미(斷尾)는 금지한다. 다만 꼬리물기 피해로 인해 동물 복지가 저해된다고 수의사가 처방하는 경우에는 그러하지 아니한다.

　ㄴ일단 공장식 축산에서는 새끼 돼지 때 꼬리를 자른다.

259

이유는 돼지들이 스트레스를 받으면 협소한 공간에서 다른 돼지의 꼬리를 물기 때문이다. 꼬리를 물면 상처가 나고 결국엔 감염이나 질병의 문제가 생기기 때문에 꼬리를 자른다. 동물 복지 돼지의 경우 원칙적으로 단미를 금지한다. 하지만 수의사가 처방하는 경우에는 자를 수 있다. 무단횡단은 금지다. 만약 급한 상황에 처한 사람의 경우 무단횡단은 가능하다는 예외 사항을 둔다면, 하루에도 무단횡단을 하는 사람은 무더기로 나올 것이다. 공장식 축산에서 꼬리를 자르는 이유는 꼬리물기 피해 때문이다. 그런데 꼬리물기 피해로 인해 동물 복지가 저해된다고 판단되면 꼬리를 잘라도 된다고? 꼬리물기 피해가 왜 생기겠는가? 방목해도 돼지가 다른 돼지의 꼬리를 물까? 애초에 돼지를 사육하지 않는다면 생기지 않을 문제이고 돼지를 사육하면 필히 생길 수밖에 없는 문제다. 실제로 인터넷에 동물 복지 농장 돼지를 검색해 보면 돼지 꼬리가 잘려 있는 사진들을 볼 수 있다.

3. 소음 기준 : 평가자가 불쾌감을 느낄 정도로 소음이 지속적으로 나거나 소음을 내는 설비가 없는가?

└,평가자는 사람이다. 돼지가 어떻게 느낄지에 대해 기준을 마련해야 하는 게 아닐까?

<u>4. 공기 오염도는 기준에 적합한가?(실측치 기록 기준 암</u>
<u>모니아 농도 : 25ppm 이하)</u>

└,구글링을 조금만 해도 알 수 있다. 동물 복지 농장 암모니아 허용 농도 25ppm은 암모니아 가스의 TWA 허용 농도 25ppm과 일치한다. TWA 값이란 작업자가 1일 8시간 동안 작업을 하여도 인체에 큰 영향이 없는 농도를 말한다. 동물 복지 농장 암모니아 허용 농도와 TWA 값이 같은 건 우연일까. 돼지 복지를 위함일까, 동물 복지 농장 노동자를 위함일까. 돼지의 후각 능력은 인간은 물론이고 개의 후각 능력을 뛰어넘는 것으로 알려져 있다. 암모니아 농도는 정말 돼지를 고려한 수치일까? 공기 중 암모니아 농도가 5ppm만 되어도 특유의 자극적인 냄새가 난다고 한다. 그 어떤 동물이 암모니아 냄새 나는 분뇨 위에서 먹고 자고 싸는 걸 동시에 하고 싶겠는가.

<u>5. 사육 공간</u>

└,동물 복지 농장 돼지가 편안해 보이고 행복해 보이는가. 물론 스톨(사육틀)에 갇힌 돼지에 비하면 덜 고통스러울 수 있지만 행복하다고 할 수 있을까? 누워 있는 돼지를 인간 동물로 대체하여 상상한다면 절대 '행복'이라는 단어를 꺼낼

수 없다.

6. 도태 관련 인증사항

(1) 해결할 수 없는 극심한 고통을 겪고 있는 돼지는 즉시 동물 복지를 고려한 방법으로 도태시켜야 한다.

(2) 돼지의 고통을 최소화하기 위한 도태는 수의사가 실시하여야 한다. 다만 동물 복지 교육을 이수한 자 등 숙련된 자가 다음의 방법으로 실시하는 도태는 허용한다.

① 4주령 이하의 자돈(仔豚)의 경우 둔기를 이용한 두부 중앙 부위 타격

② 가축총(captive bolt stunner), 전기 충격기, 가스 장치를 이용한 기절 후 즉시 방혈

(3) 사체를 처리하게 전에 돼지가 죽었는지 반드시 확인하여야 한다.

ㄴ 도태는 '죽이는 것'이다. 해결할 수 없는 극심한 고통, 이 기준은 누구의 기준인가. 돼지의 고통을 인간이 판단한다. 새끼 돼지의 경우 둔기를 이용한 두부 중앙 부위 타격이 가능하고 이외 돼지는 가축총, 전기 충격기, 가스 장치 이용이 가능하다. 이 정도면 어떤 방식으로 죽여도 된다고 대놓고 허가하는 것이나 다름없다. 둔기를 이용한 타격으로 돼지

를 죽이는 방법이 동물 복지를 고려한 도태 방식일까? 엉터리투성이다. 사체를 처리하기 전에 돼지가 죽었는지 확인하는 지침도 얼마든지 피해 갈 수 있다. 동물 복지와 관련해 국가가 깊게 관여하지 않겠다는 의지, 책임지지 않겠다는 의지를 밝히는 것 같아 보였다. 위에 언급한 사항들은 동물보호관리 시스템에 접속하면 누구나 열람할 수 있다. 일반인인 내가 봐도 이렇게 허술한 제도인데 실제 농가 종사자와 관련 법안을 만든 전문가들에게는 얼마나 허술하고 우스운 인증 기준일까. 동물 복지 제도는 번드레하게 꾸민 허례허식 인증 제도다.

　동물 복지란 말, 누가 만들었는지 모르겠지만 잘 포장된 단어다. 나는 동물 복지를 생각하면서 초원 위를 누비는 동물을 상상했다. 피 흘리며 도살되는 운명은 상상하지 않았다. 적어도 나에겐 이미지 메이킹에 성공한 단어다. '동물 복지'라는 단어는 동물이 처한 현실, 즉 진실을 가린다.

　만약 노예 복지란 개념이 있다면 동물 복지와 비슷하지 않을까? 노예는 자유와 권리가 없다. 노예에게 숙식을 제공한다고 해서 노예 복지가 실현되는가. 오직 인간의 먹을거리가 되기 위해 자기 삶을 희생해야 하는 동물에게 복지를 운운하는 것이, 심지어 인간의 기준으로 그 복지의 기준을 판단하는 것이 가당키나 한 걸까. 동물답게 살 권리를 유린당하는 모든 동물 앞에 복지라는 말을 붙이는 것 자체가 모순이다. 우리 사회에서 동물은 동물(動物) 취급되지 않는다. 동물은 얼마든지 번식시키고 사육하고 도살해도 되는 자원이자 도구다. 동물의 고통과 권리는 없다. 고기라는 사체만 존재한다. 복지? 먹히기 위해 사육되는 존재들에게 과연 복지가 존재할까. 이게 현실이고 진실이다.

인간은 욕망을 위해 동물을 도구화하고 자원화한다. 진정 '동물 복지'를 생각한다면 먹기 위해, 입기 위해, 보기 위해 이용되는 모든 형태의 착취와 학대를 금지해야 한다. 지금의 동물 복지 제도는 필히 과정이어야만 한다. 이것이 최선의 결론인 양 홍보해서도 안 되고 신뢰해서도 안 된다. 궁극적으로 동물 복지 제도는 동물을 위한 복지가 아니라, 먹는 이의 죄책감을 덜어 주는 인증 제도일 뿐이다. 동물 복지 제도에는 복지도, 동물도 없다.

당장 육식을 멈춰야 하는 현실이지만 안타깝게도 육식 인구가 절대적으로 많은 게 현실이고 육식을 당장 금지할 방법이 없기 때문에 현재 시점의 '동물 복지 제도' 자체를 반대하진 않는다. 제도는 필요하다. 다만 진실을 가리는 용도로 존재해서는 안 된다. 명칭을 바꿔야 한다. 사체에 대한 복지를 논하는 꼴이기 때문이다. 동물 복지 도살이 존재할 수 있는 가. 복지 살해가 가당키나 한가. 먹히는 존재에게 복지는 없다.

수산시장은 비명 없는 무덤이다

3월 22일은 물의 날이다. 1992년 UN은 세계 물의 날을 제정했다. 인구와 경제활동의 증가로 인하여 수질이 오염되고 전 세계적으로 먹는 물이 부족해지자 경각심을 일깨우기 위하여 정한 것이다.

물의 날을 맞이하여 서울애니멀세이브 동물권 활동가들은 노량진 수산시장을 방문했다. 노량진 수산시장에서 비질(vigil)을 진행했다. 비질은 '진실의 증인 되기' 활동이다. 물의 날에 왜 수산시장에서 비질을 하냐고? 물은 인간이 마시기도 하지만 물이 서식지인 생명들이 있기 때문이다. 우리가 흔히 물고기, 해산물이라고 부르는 생명들이다.

수산시장의 비질은 도축장 앞에서의 비질과는 매우 달랐다. 닭과 돼지 그리고 소의 도축장은 철저히 가려져 있다. 도심으로부터 먼 곳에 위치해 있을 뿐만 아니라 도축장 문 앞까지 가더라도 도살되는 모습을 직접 목격할 수 없도록 건물 안에 꽁꽁 숨어 있다. 그 어떤 도축장도 도살 과정을 버젓이 보여 주진 않는다.

하지만 수산시장은 다르다. 도살장을 드러낸다. 물살이에게 '도살'이라는 말은 사용되지 않는다. 애초에 생명으로 인식되지 않기 때문이다. 수조 안의 물살이를 꺼내어 머리를 내려치고 칼로 아가미 부위를 내려친다. 한때 살아 있었던 생명은 머리와 몸통으로 나뉘고 우리들은 그것을 '신선함'으로 받아들인다.

수산시장은 신선함을 과시한다. 투명한 수조 안에 물살이를 가득 넣어 사람들이 볼 수 있게끔 한다. 바구니에 담아 놓은 물살이가 팔딱팔딱 튀어 오르는 모습은 고통이 아니라 신선함으로 인식된다.

혹시 '물살이'라는 말을 처음 들어보았는가? 참 생소한 단어다. 동물권 활동을 하는 나조차도 한동안 이 단어가 익숙지 않아서 수중생물, 어류 등으로 부르기도 했다. 물살이는 물고기의 대체어다. 물고기는 종차별적인 단어이기 때문이다.

우리는 함께 사는 강아지를 보며 개고기라 부르지 않는다. 길에서 만나는 고양이를 보며 고양이고기라 부르지 않는다. 심지어 우리가 매일 먹는 소와 돼지와 닭도 소고기, 돼지고기, 닭고기라 부르지 않는다. 그런데 왜 우리는 수조 안에 있는 생명을 물고기라 부르는 걸까. 수조뿐만 아니라 바다나 강에 사는 헤엄치는 생명들을 볼 때마다 우리는 '물고기'라 부른다. 태어나자마자 고기가 되는 운명일 뿐만 아니라 고기로 불리는 생명이다. 참 아이러니하다. '물고기'라는 단어에는 생명성이 없다. 태어나면서부터 생명은 무시되고 고기로 인식된다. 태어나면서 음식으로 대해지는 것이다.

활동가 엽서는 물살이 비질에 다녀온 후 노래를 만들었다.

"세상 모든 것에 목소리가 있다 하지만/듣지 못했네 듣지 않았네/소리 대신 온몸으로 내지르는 목소리는 듣지 못했네/물에 사는 물살이, 숨 쉬며 살아가는 물살이"

물살이는 비명이 없다. 비명이 없기에 도살장을 버젓이 드러낼 수 있다. 물살이는 포유류나 가금류에 비해 도살될 때 흘리는 피가 비교적 적고 비명을 지르지 않는다.

수산시장에는 갓 잡은 물살이를 회 떠 먹을 생각에 들뜬 사람들로 가득했다. 비질에 참여한 우리는 한 걸음을 떼기도 전에 상인들의 호객 행위에 응대해야 했다. "그냥 둘러보고

있어요." 돼지 비질 때와는 사뭇 다른 풍경이었다. 돼지 비질
에서는 자동차 소음을 비집고 끊임없이 들리는 돼지의 비명
에 마음이 괴로웠지만 물살이 비질에서는 상인들의 호객 행
위와 방문객들의 수다 소리에 둘러싸여 얼이 빠진 채로 비질
을 진행했다. 수산시장은 정말 '비명 없는 무덤'이었다.

물은 인간만을 위한 것이 아니다. 누군가의 서식지이기도
하다.

도계장에서 기적처럼 살아남은 '잎싹이'

우리는 도계장 앞에 있는 닭 한 마리를 구조했다. 도계장에 도착하기 전만 해도 그토록 참혹한 현장에서 동화 같은 일이 벌어질 줄 전혀 예상하지 못했다.

닭을 구조하기 위해 도계장에 간 게 아니었다. 서울애니멀세이브 활동가들과 함께 새로운 비질 장소를 물색하기 위해 답사에 나섰다. 오전 8시, 서울에서 한 시간 정도 이동하여 경기도에 위치한 도계장 부근 버스 정류장에서 내렸다.

한없이 평화로워 보였다. 초록 빛깔의 논과 산, 그리고 맑은 하늘까지. 비질이라는 게 본래 죽음을 마주하는 자리이기에 가벼운 마음일 수 없지만 풍경과 날씨 덕분인지 여행을 온 듯한 기분까지 들었다. 정류장에서 도계장으로 걸어가는 길, 잡초들 사이로 새의 털이 엉겨 붙은 모습을 여러 차례 볼 수 있었다. 로드킬 당한 새의 오래된 사체라고 짐작했다. 차들이 쌩쌩 지나가는 도로변에서 우리는 잠시나마 애도의 시간을 가졌다.

도계장에 도착하고서 깨달았다. 우리가 본 엉겨 붙은 털은 로드킬의 흔적이 아니었다. 도계장으로 향했던 어떤 닭들의 흔적이었다. 도착한 도계장 앞에는 닭을 실은 트럭들이 대기 중이었다.

4.5톤 트럭에 약 3천 마리의 닭이 실려 있었다. 트럭에 실려 있던 닭은 평생 알을 낳는 강제노동을 하는 산란계였다. 무게는 약 1.7kg, 특대로 분류된다. 3천 마리의 생명이 좁은 닭장에서 움직이고 소리를 지르는 모습은 마치 하나의 생명체처럼 보였다. 눈과 귀는 풍경과 냄새에 압도되었다.

바람에 춤을 추는 초록 빛깔의 나뭇잎과 푸른 하늘 그리고 힘없이 처진 빨간 벼슬, 하얀 털의 수많은 닭들. 눈물이 나오기는커녕 꿈인지 현실인지 알 수 없는 풍경에 입만 벌리고 있었고 생각은 그대로 멈춰 버렸다. 바깥에 고개를 내민 닭도 있었고 더위와 스트레스에 지쳐 풀썩 주저앉은 닭도 많았다. 이미 눈을 감은 채 숨을 거둔 닭도 보였다. 똥오줌 그리고 깨진 알과 3천 마리의 닭 냄새가 섞여 고약한 냄새가 났다. 죽은 그들에게도, 산 이에게도 그곳은 지옥이었다.

닭만큼이나 알도 많았다. 닭장에는 알이 여기저기 닭들과 섞여 있었고 둥그런 알은 뒹굴뒹굴 굴러 땅으로 떨어져 깨지기도 했다. 바닥에는 깨진 하얀 알 껍질들이 보였고 노란색 물이 낭자하게 흩어져 있었다. 노란색이 이토록 어둡고 슬픈 색이었는가. 병아리의 영양분인 노른자 위에 파리들이 꼬였고 닭의 털들이 엉켜 있기도 했다. 트럭 위 계사에는 물도, 모이도, 화장실도 없었다.

알을 낳는 산란계가 도계장에 온 이유는 무엇일까. 농협 축산정보센터에 따르면 산란계 1마리는 1일 110g의 사료를 먹고 생후 146일부터 560일까지(414일간), 일생 동안 347개의 알을 낳을 수 있다고 한다. 평균적으로 1년 6개월, 최대 2년 정도 알을 낳는다. 사료비 대비 알 생산 효율이 떨어지면 도계장으로 온다. 평생 알을 낳다가 결국 고기가 된다. 산란계의 1년 6개월짜리 삶에 기적이란 존재할까. (흔히 치킨이나 삼계탕으로 판매되는 닭은 크기가 작은 어린 닭이다. 무게는 0.5kg에서 1kg 정도. 우리가 방문했던 도계장은 하루 약 8만 마리의 닭을 도축하는데 닭고기 용도로 사육하는 육계, 알을 낳는 산란계, 번식을 위한 종계 등 모든 닭들을 도축한다고 했다.)

기묘한 풍경 속에서 마주한 '잎싹이'

한참 비질을 할 때였다. 트럭에 갇힌 닭들 사이로 자유롭게 땅을 거니는 닭이 보였다. 트럭에 실린 하얀 닭들과 색깔도 크기도 달랐다. 갈색 빛깔에 아직 병아리 티를 벗지 못한 어린 닭이었다. 기묘한 풍경이었다. 죽음을 기다리는 닭들 사이로 뛰노는 닭이라니. 닭은 그곳이 어디인지 자각하지 못한 것처럼 평온하게 이곳저곳을 누비기도 하고 한쪽에 마련된 모이를 먹기도 했다. 운송기사들이 한편에 마련해 준 것이었다.

사연을 들어 보니 이렇다. 도계장에 들어가기 전 트럭에서 간혹 닭들이 빠져나오곤 하는데 보통은 다시 닭을 잡아 계사에 넣는다고 한다. 어찌 된 일인지 잎싹이는 살아남았고 결국 운송기사들의 보살핌을 받으며 열흘가량을 그곳에서 지냈다.

활동가A는 닭을 구조하자고 했다. 나는 닭을 구조해서 추후 감당해야 할 일들이 걱정되었다. '그곳에서의 삶이 도시의 방보다는 낫지 않을까'라는 안일한 생각을 하며 머뭇거렸다. 나와 활동가 B가 어찌해야 할지 머리를 굴리는 동안 활동가A는 발을 동동 구르며 트럭 밑에 몸을 웅크리고 들어가 잎싹이를 잡으려고 했다.

"주변에 고양이도 있고 도계장 앞에서 언제 어떻게 될지 모르는데 나는 일단 구조해야겠어."

결국 우리는 구조하기로 했다. 운송기사에게 닭을 데려가도 되겠냐고 했고, 운송기사는 흔쾌히 승낙했다. 그때부터 한 시간 동안 잎싹이 구조 활동을 펼치기 시작했다. "널 안전한 곳으로 데려가려는 거야"라고 말했지만 소용없었다. 닥치는 대로 자신의 동료를 잡아 내팽개치고 죽이고 먹는 인간이란 존재가 얼마나 무서웠을까. 우리가 닭을 잡으려 할 때마다 닭은 다 자라지 않은 날개로 힘껏 날갯짓하거나 두 발로 콩콩 달리며 저 멀리 도망가 버렸다. 얼른 구조하고 싶은 마음이었지만 한편으론 안도했다. 힘차게 도망치는 모습이 건강해 보였기 때문이다.

몸을 웅크려 트럭 밑에 들어가기도 하고 풀숲을 헤치기도 했다. 우릴 지켜보던 운송기사는 보다 못해 닭을 잡을 때 사용하는 쇠막대기를 건네는 친절을 베풀어 주기도 했다. 한 시간가량 쫓고 쫓기는 상황이 반복되었다. '우리가 정말 닭을 구조할 수 있을까?'라는 의심이 커져 갈 무렵, 트럭 바퀴 위에 올라간 닭을 활동가 A가 두 손으로 낚아챘다. 죽이는 손이 아니라 살리는 손이었다. 몇 번의 푸드덕 날갯짓 끝에 활동가 활동가 A 품에 안긴 닭은 삐약삐약 소리를 냈다. 우리는 옅은 웃음을 지으며 안도의 한숨을 내뱉었다.

구조를 하는 동안 총 3대의 차량, 9천 마리의 닭이 도계장으로 들어갔다. 우리가 구조한 닭은 사육장, 운송차, 그리고 도계장에서 기적처럼 살아남은 생존자였다. 〈마당을 나온 암탉〉의 주인공 이름을 따와 '잎싹이'라고 지었다. 우리는 9천 마리의 닭을 무기력하게 보냈고 잎싹이 하나만을 데리고 서울로 돌아왔다. 택시 기사는 오늘 첫 손님은 강아지였는데 닭 손님은 난생처음 태워 본다며 신기해하였다.

잎싹이와 함께하는 동물 해방 여행

활동가 집으로 온 잎싹이는 침대 한가운데 자리를 잡았다. 도망치느라 긴장하고 피곤했을 잎싹이가 심신을 가라앉힐 수 있도록 우리는 다른 방으로 자리를 피했다. 10분이 지났을까. 옆방에 있던 잎싹이가 우리에게로 한 발 한 발 다가오기 시작했다. 다가오는 잎싹이에게 쌀과 물을 건넸다. 손바닥 위에 올려놓은 백미, 현미, 퀴노아는 골라 먹었고 흑미는 먹지 않았다. 취향이 분명했다. (닭대가리라는 단어를 누가 만들었는지 모르겠지만 닭에 대해 아무것도 모르는 사람이다.)

잠시 후 잎싹이는 활동가 B의 무릎에 올라섰다. 입이 떡

벌어졌다. 집에 온 지 불과 1시간이 채 지나지 않아 벌어진 일이었다. 잎싹이는 우리의 팔과 등, 어깨에 올라섰다. 잎싹이 발을 통해 잎싹이의 온기가 전해졌다. 경계심에 숨어 지내진 않을까, 식음을 전폐하진 않을까 걱정했는데 우리 넷은 어느새 서로의 몸을 맞대고 눈을 마주치고 있었다. 눈앞에 벌어지는 일을 보면서도 어안이 벙벙했다.

돌이켜 보면 잎싹이에게 도계장이 공포스러웠을지도 모르겠다는 생각이 스쳤다. 나는 아무것도 몰랐다. 잎싹이를 만나기 전에 내가 알던 '닭의 세계'는 모두 무너졌다. 그야말로 경이로운 순간이었다. 앞으로 잎싹이와 함께 새롭게 만들어 갈 동물 해방의 여행이 기대된다. 그리고, 이 여행에 당신을 초대하고 싶다.

여기, 동물이 있다

　도살장으로 향하는 닭들을 애도하고 진실의 증인이 되고자 하는 시민들이 비질(vigil)에 참여했다. 뙤약볕 아스팔트 도로 위에서 한참을 기다려도 닭을 실은 차가 오지 않았다. 서 있기만 해도 얼굴에는 땀이 송골송골 맺혔고 몸은 지쳐 갔다. 여름철에는 온도와 습도가 높기 때문에 생계 운송차량은 보통 낮보다는 새벽과 이른 아침에 이동한다. 온도와 습도가 높으면 닭들이 운송 중에 많이 죽기 때문이다. 운송차량이 뜸해 우리가 한참을 기다려야 했던 이유다.

　드디어(?) 저 멀리 차가 오기 시작했다. 활동가가 피켓을 들고서 차를 세웠고 다른 활동가는 운송기사에게 잠깐의 시간을 달라고 요청했다. 그동안 시민들은 트럭 곁에 서서 닭장 안의 이미 죽은 닭, 죽어 가는 닭, 살아 있는 닭을 보았다. 닭장의 닭은 무더운 날씨에도 숨을 쉬어 보겠다며 고개를 내밀고 삐약삐약거렸다. 개중에는 이미 숨을 거둔 닭도 있었다. 채 자라지 않은 벼슬은 빈혈로 인해 붉은 기가 없었다. 그렇게 1~2분이 지났을까. 운송기사는 "닭들이 죽으면 책임질 거냐?"라고 소리치며 경적을 울렸다. 활동가는 옆으로 비켜섰고 차량은 도살장 안으로 들어갔다.

차를 잠시 세운 활동가의 행위도, 닭의 생명을 운운했던 기사의 말도 도살장으로 들어가는 닭에게는 참으로 '인간적'인 행위였다. 물론 닭의 생명을 이야기했던 기사의 심정을 이해하지 못하는 건 아니다. 정차되는 시간이 길어질수록 그의 노동 시간도 길어지고 닭들에게 고통이 가해지는 시간도 늘어난다. 시간이 지체될수록 빽빽이 채워진 닭장에 있는 닭들이 죽어 가는 건 당연한 사실이기 때문이다. 하지만 그럼에도 활동가들은 차를 세워 비질을 해야 했다. 진실을 세상 밖으로 가져오려는 행위였다. 고통당하고 학살당하는 비인간동물은 말이 없기 때문이다.

트럭에 실린 닭은 육계로 불리는 닭이었다. 육계는 무게에 따라 호수가 달라지는데 지육 기준 950~1050g는 10호다. 엄밀히 말하면 이 닭들은 닭이 아니다. 30일 된 병아리다. 도미니언 다큐멘터리에 따르면 평균적으로 자연 상태의 닭이 동일한 크기로 성장하려면 세 배 정도, 약 96일이라는 시간이 필요하다.

그렇다면 어떻게 단시간에 닭의 크기를 키우는 걸까? 얼마 전 밤에 고속버스를 타고 서울로 가는 중이었다. 밤이 되어 칠흑같이 어두운 시골이었지만 양계장엔 환하게 불이 켜져 있었다. 밤중에도 양계장 불이 켜져 있는 이유는 닭이 잠들지 않도록 하여 끊임없이 사료를 먹이기 위함이다. 또한 육계로 사육되는 닭이 먹는 사료에는 성장 호르몬과 항생제가 함께 급여된다. 이렇게 사육된 닭은 인간이 원하는 일정한 무게가 되면 도계장으로 운송되어 도살된다. 경제성을 위해 인간들이 만들어낸 '과학적'인 사육, 운송, 도살 방식이다.

복날에 유독 더 많이 도살되는 닭

초복, 중복, 말복이 있는 7월 초~8월 초에는 더 많은 닭이 죽는다. 농림축산검역본부 자료에 따르면, 2018년부터 2020년까지 7월의 도살량이 급증한다. 3년간 7월에만 매달 평균 1억 1천만의 닭이 도살되었다.

2020년에는 10억 7천 명(命)의 닭이 도살되었다. 매년 인간동물을 위해 10억 개의 비인간동물 지옥이 생기고 사라지는 것이다. 인간이 만든 지옥이다. 더욱 놀라운 점은 이는 닭에게만 해당하는 수치라는 점이다. 게다가 도축량에 해당하는 수치이기 때문에 사육하는 과정에서 태어나고 죽는 수많은 병아리와 닭의 수는 제외되어 있다.

이번 비질에서는 도계장 주변의 고약한 냄새와 잔혹한 풍경도 기억에 남지만 무엇보다 도계장 내 안전문구가 기억에 남았다. '살아 숨 쉬는 위생 관리, 생존하는 우리 회사', '위험을 보는 것이 안전의 시작이다.' 이 세상에는 어떤 존재들이 살아 숨 쉬고 생존하는가. 무엇이 위험이고 안전인가. 참 아이러니한 문장을 보며 한참 생각에 잠겼던 순간이 떠오른다. 찰나의 순간을 위해 차를 멈춰 세운 활동가들, 차를 세우는 건 불법이라고 말하는 사회, 인간들의 갈등 속에서도 정해진 운명대로 도계장으로 향하는 닭들. 무엇이 옳고 그른지 우리가 고민하고 논쟁하는 이 순간에도 여전히 복날을 위해, 우리의 '1인 1닭'을 위해 수많은 닭이 무참히 살해되고 있다.

여기, 동물이 있다.

동물이 없는 동물권 재판을 다녀오며

2020년 11월 12일 목요일, 나는 처음으로 법원에 출입했다. 내가 재판을 받는 것도 아닌데 괜스레 떨렸다. 재판 장소는 603호였다. 603호 앞에는 검은색 옷을 입은 60여 명의 시민이 서 있었다. 나는 닫힌 603호의 문 너머 법정을 상상했다. 판사와 판결 봉 그리고 높은 천장고와 우드 톤 장의자 같은, 영화에서 봤던 법정의 배경을 떠올렸다.

드디어 문이 열리고 603호 법정에 들어섰다. 영화에서 보던 재판장과는 사뭇 다른 풍경이었다. 일단 판결 봉은 눈에 보이지 않았고 천장은 생각보다 낮았다. 현대식 등받침 의자와 화이트 톤의 깔끔한 인테리어. 밝은 조명과 하얀 벽은 꽤나 사무적인 분위기를 풍겼다. 피고인 석에는 내 예상보다 훨씬 어려 보이는 세 명의 활동가가 있었고 그 옆에는 변호인이 있었다. 건너편에는 두 명의 검사, 가운데에는 두 명의 서기가 있었다. 법정의 가장 앞쪽이자 가장 높은 곳, 법정의 모든 이들이 우러러보는 위치에는 세 명의 판사가 있었다. 그리고 방청석에는 재판을 지켜보는 시민들이 함께했다.

"지금부터 피고인이라 부르겠습니다."

재판이 시작되었다. 세 명의 동물권 활동가는 피고인 신분으로 형사 법정에 섰다. 죄목은 업무방해. 2019년 10월 4일 동물의 날, 그들은 손을 콘크리트에 결박하고 도살장 앞에 드러누웠다. 도살을 늦추고 결국엔 고기의 생산을 늦추는 업무방해였다. 이는 명백한 불법 행위였다. 트럭은 7천 마리의 닭을 싣고서 사육장과 도살장을 기계처럼 오간다. 하지만 그날은 멈춰 설 수밖에 없었다. 콘크리트에 몸을 결박한 활동가들을 밟고 지나갈 수 없었기 때문이다. 트럭과 함께 닭들의 죽음도 '잠깐' 멈추었다. 검찰은 그들을 피고인 석에 세웠다. 좋은 의도였을지라도 타인에게 피해를 끼친 것은 위법이라고 말했다. 변호인은 누구나 불법시위의 목적을 공감할 것이라며 선처를 요청했다. (물론 활동가들은 선처를 요구하지 않았다. 동물을 대변하고 그들의 입장에 서서 호소했다.)

마피아 게임을 통해서만 듣던 최후의 변론을 실제 법정에서 마주했다. 활동가 향기는 학창 시절 내내 개근상을 놓치지 않았고 대학을 졸업하며 평범한 직장 생활을 꿈꿨다고 말했다. 내 삶과 매우 닮아 있다고 느꼈다. 향기는 졸업과 취업이 순조롭게 될 줄 알았는데 어쩌다 동물의 현실을 알게 되었고 결국 범법자가 되었다고 고백했다.

변론이지만 고발이었다. 고기는 언제 어디서든 쉽게 구할 수 있지만 도살장은 우리가 볼 수 없는 곳에 숨어 있고 그곳에 동물이 있다고 외쳤다. 동물이 어떻게 사육되고 학대되고 살해되고 강간당하는지 변론을 통해 읊기 시작했다. 진실을 알게 된 향기는 도저히 가만히 있을 수 없었고 이 현실을 알리기 위해 선을 넘었다고 고백했다. 향기 자신이 가해자가 아니라고 변론하기보다 우리 모두가 가해자라고 이야기하는 것 같았다. 검사는 덤덤한 표정으로 허공을 응시했고 서기는 모니터 화면을 응시했다.

법정에서 향기의 입을 통해 동물의 참담한 현실이 드러났다. 숨죽여 방청하던 시민들은 울음을 참을 수 없었다. 여기저기 훌쩍거리는 소리가 들려왔다. 판사는 피고인과 방청석에 앉아 있는 시민들을 번갈아 쳐다보았다. 케이지 속 털이 뽑힌 닭, 촉진제에 주저앉은 닭, 사산된 새끼 돼지, 스톨에 갇혀 옴짝달싹 못 하는 돼지, 강간당하는 젖소, 전기봉에 감전되는 돼지, 이산화탄소 질식에 의해 비명을 내지르며 죽어가는 돼지, 날카로운 칼이 목을 관통해 온몸의 피를 쏟는 닭과 돼지. 향기의 변론을 듣는 내내 이 모든 장면들이 내 머리를 관통했고 그 자리에 있던 나도 눈물을 흘렸다. 눈물밖에 흘릴 수 없는 현실에 분노했고 한편으론 무력감을 느꼈다.

지금까지는 동물을 학대한 이, 즉 동물 학대 가해자가 피고인으로 법정에 섰지만 이번에는 달랐다. 이날은 도살장 업무방해로 세 명의 활동가가 피고인으로 법정에 섰다. 이들은 말할 수 없는 동물의 대변인이기도 했다.

"재판받을 수 있는 장소를 선택할 수 있었다면 도살장을 선택했을 것이다. 그곳에 진실이 있기 때문이다. 하지만 그럴 수 없었기 때문에 진실을 여기로 가지고 왔다."
―'최후의 변론' 일부

진짜 피해자는 동물이다. 향기의 최후 변론을 마치고 활동가 자야가 만든 농장동물의 영상이 재생되었다. 역사적인 순간이었다. 대한민국 사법 역사상 단 한 번도 도살장의 농장동물이 법정에 선 적은 없는데 영상을 통해서나마 동물이 피해자로서 법정에 함께할 수 있었다. 하지만 영상 속 그들의 모습은 처참했다. 닭은 거꾸로 매달려 날카로운 칼에 목이 관통된 채 시뻘건 피를 쏟았다. 전기봉에 감전된 돼지는 몸을 바르르 떨며 소리를 질렀다. 엄숙한 법정에 돼지 비명이 울려 퍼졌고 하얀 프로젝트 창은 시뻘건 피로 물들었다. 5분여의 영상이 끝나자 피해자도 사라졌다. 법정은 다시 고요해졌고 빨갛게 물들었던 벽도 하얗게 돌아왔다. 법정의 풍경은 우리가 살고 있는 현실을 대변하는 듯했다. 그들은 어디로 갔을까.

종차별반대주의는 "인간과 동물 사이의 불평등은 차별"이라고 주장한다. "인간과 동물의 평등은 다른 종을 동등하게 대우하거나 동등하게 취급하자는 것이 아니다."(코린 펠뤼숑, 『동물주의 선언』)

동물권 활동가는 동물이 인간처럼 살 수 있도록 시민권을 부여하자고 주장하는 것이 아니다. 동물이 인간과 똑같아질 필요도 없거니와 동물은 인간처럼 살기를 원치 않는다. 다만 동물은 자유롭게 거닐고 편히 잠을 자고 진흙 목욕을 하고 땅의 냄새를 맡고 먹고 싶은 음식을 골라 먹고 싶을 뿐이다. 인간과 동물은 다르면서도 비슷하다. 그들은 인간처럼 느끼는 존재다. 고통을 싫어하고 잔인하게 도살되길 원치 않는다. 확실한 것은 끊임없는 동물 학살의 중심에 인간이 있고,

그 현실은 인간이 멈춰야 한다는 것이다.

인간은 인간답게 살고 동물은 동물답게 살아야 한다. 나는 쉼 없이 진행되는 재판을 방청하며 동물의 현실에 슬펐고 분노했고 반성했고, 이 현실이 법정에서 논의될 수 있음에 기뻤고 벅차올랐고 감동했다. 그 순간에도 나는 방청석에서 그리고 법정 밖에서 매일 죽어 가는 동물을 목도하는 '살아 있는 인간'이었다. 이 사실에 형용할 수 없는 참담함을 느꼈다. 세 명의 활동가 역시 인간이라는 이유로 '잠깐'이나마 도살을 멈출 수 있었고 트럭으로부터 보호받을 수 있었고 법정에서 변호인과 함께 변론할 수 있었다. 그날 트럭에 실려 있던 닭과 법정에 선 우리는 무엇이 다르기에 이렇게 다른 삶을 살고 있는 걸까.

동물권에 대한 논의는 다양하게 이뤄지고 있다. 그리고 이번 재판은 동물권에 대한 논의를 법정으로 옮겨 왔다는 점에 의의가 있다. 어쩌면 훗날 동물권리장전 제정의 첫걸음으로 기억될지도 모르겠다. 최후의 변론은 끝이 났다. 이제 인간의 판결을 기다린다. 무엇이 인간을 인간답게 하고 동물을 동물답게 하는가.

그러면 치킨도 안 먹어요?

2022년 6월 30일 1판 1쇄 펴냄

지은이 이현우

펴낸이 김성규

편집 김은경 김도현

디자인 신아영

펴낸곳 걷는사람

주소 서울특별시 마포구 월드컵로 16길 51 서교자이빌 304호

전화 02 323 2602

팩스 02 323 2603

등록 2016년 11월 18일 제25100-2016-000083호

ISBN 979-11-92333-17-5

979-11-89128-13-5 [04800] 세트